マドンナメイト文庫

年上淑女 ひと夏の甘い経験

鷹羽シン

目次

contents

年上淑女　ひと夏の甘い経験

第一章　はじめての劣情

1

七月十七日。

燦々《さんさん》と照りつける太陽が空高く昇った夏の午後。

十四歳の畑中健太《はたなかけんた》は、あたり一面に緑がひろがるどこまで行っても代わりばえしない景色のなか、田舎道を愛用の自転車で走りぬけていた。

「あっついなぁ……。家にいても暇だから出かけてみたけど、今日はなにをしようかな。コウちゃんは家族旅行中だし……。川へ涼みにでも行こうかな」

額の汗を拭いつつぼやく、いまだ身長は百五十センチ台と本格的な成長期を迎える前の小柄な少年。

信州《しんしゅう》の片田舎で暮らす健太が通う学校は生徒数も少なく、もっぱら同級生である浩二《こうじ》と遊ぶ毎日であった。

しかしその親友は現在、東京へ住む親戚の下へ訪れており、一週間は不在である。

せっかくの夏休みだというのに、健太は早くも暇を持てあましていた。

新しい出会いでもないものかと外に出かけてみたものの、退屈な日常に変化はなく、夏の暑さがジリジリと体力を奪うばかり。

目的も決めずに家を出たのは失敗だったかと少し後悔するも、引き返す気にもならず、黙々と自転車を漕《こ》いでゆく。

すると不意に、道の脇に転がるまるい物体が視界に飛びこんできた。

目を凝らせば、それはフリルがあしらわれた高級そうな白い日傘だった。

人通りの少ない田舎道には不似合いな洒落《しゃれ》た一品がこんな場所に落ちていることに物珍しさを感じつつも、特には気に留めず脇を走りぬけた。

「あれ？　いま、女の人が座ってたような」

日傘の陰に隠れてよく見えなかったが、同じく白い衣服に身を包んだ女性がうずくまっていたような気がした。

脳裏にふと、親友から聞いた、白いワンピースに身を包んだ身の丈八尺もある美しくも陰気な妖怪美女の話が浮かぶ。

思わずブルブルッと背すじを震わせ、さっさとその場を離れようとペダルを漕ぐスピードを上げる。

とはいえ、改めて思い返してみれば、うずくまっていた女性はそこまで長身ではなかったようにも思えた。

俯《うつむ》いていたため、長い黒髪が垂れて顔は隠れていたものの、どこか儚《はかな》げな雰囲気が妙に気になった健太は、百メートルほど走りすぎたあとに立ち止まる。

もしも人ならざる者だったらと思うと、緊張で胸が早鐘を打つ。

それでも意を決して方向転換し、来た道を戻る。

すると日傘の陰では、健太よりはいくらか背が高いと思《おぼ》しき白いワンピースに身を包んだ女性が、ひどく疲れた感じでへたりこんでいた。

「あの……。お姉さん、大丈夫？　具合が悪いの？」

恐るおそる声をかけると、長く艶やかな黒髪が印象的な女性がゆっくりと顔を上げる。

はらりと揺れた前髪のあいだからのぞいたのは、ハッと息を呑《の》むほどの美貌であった。

「ええ……。大丈夫よ。心配してくれてありがとうね」

そう言ってニコリと柔和に微笑《ほほえ》み返す美女だったが、額に大量に浮いた玉の汗のと色白さを通りこした顔色の悪さを見れば、具合の悪さは一目瞭然だった。

健太は自転車を停《と》めると、背負っていたリュックから冷えたペットボトルを取り出し、美女へと近づいて、赤らんだ頬へペトリと押しあてた。

「ひゃっ？　つ、冷たいわ」

「無理しちゃダメだよ。調子が悪いんでしょう。お姉さんの身体、すごく火照ってるよ。お水を飲んで冷やさなきゃ。はい」

ペットボトルのキャップをはずし、冷水を手渡す。

戸惑いの表情を浮かべていた美女だが、コクリと頷《うなず》き、おずおずとペットボトルを受け取る。

たおやかな手は、袖口にフリルをあしらった手首丈の白い手袋で可憐《かれん》に彩られていた。

手袋と言えば農作業用の軍手をした農家の嫁たちくらいしか印象がなかった健太は、女性の持つ華やいだ雰囲気を前に、胸が高鳴った。

「本当に優しいのね、あなたは……。ありがとう。いただくわ」

美女は眩《まぶ》しそうに健太を見つめて礼を述べ、プルリとみずみずしい肉感的な唇へ飲み口を寄せる。

傾けられた容器から透明な液体が口内へと流れこみ、コクン、コクンと飲み下すたびに白い喉が上下する。

水滴が付着した唇が桜色に照り輝く様を見つめているうちに、健太の喉もゴクリと鳴っていた。

(あ……。これって、間接キスってヤツだ……)

田舎育ちの少年からすれば、まわし飲みなどふだんから慣れているはずだった。

だが先ほどまで自分が口をつけていたペットボトルに、眼前の美女の唇が触れていると思うと、頬がカァッと紅潮してくる。

思わずジッと凝視していると、美女がペットボトルから唇を離し、飲み口をこちらへ向けてきた。

「ごめんなさい、飲みすぎてしまったわね。あなたも喉が渇いていたのね」

飲み口へ微《かす》かに付着したきらめく透明な唾液は、いったいどんな味がするのだろう。

むしゃぶりついて確かめてみたい衝動に駆られた健太だが、こみあげるはじめての劣情をなんとか抑えこみ、照れくさそうに横を向く。

「僕は平気だよ。それ、ぜんぶお姉さんにあげるから」

「いいの？　じゃあ、もう少しいただくわね」

美女はふたたびペットボトルに口をつけ、嚥下《えんか》に合わせて白い喉を上下に動かし、ほうとひと息ついた。

「ふう……。ああ、身体の火照りが鎮まってくるわ。生き返る気分って、こういうことなのね。本当にあなたのおかげよ。ありがとう」

美女が、ニコリと健太の手を取り、感謝の言葉を述べる。

上質な絹手袋のえもいわれぬすべらかな感触に手のひらを包みこまれ、あまりの心地よさに健太は思わずブルルッと全身を震わせた。

「そ、そんな、たいしたことじゃないよ……。それじゃあ僕、もう行くから」

どうにもいたたまれず、早々にこの場を離れようと、少年はクルリと背を向ける。

すると美女が慌てて立ちあがり、健太を呼び止める。

「あっ。待ってちょうだい……きゃっ？」

しかしまだ体調が回復しきっていないのか、背後から小さな悲鳴があがり、華奢《きゃしゃ》な肢体が大きくよろけた。

声に反応して振り返った健太のあどけない顔に、ワンピース越しのたわわなふくらみがムニュリと当たった。

「むぷぷっ。だ、だいじょうぶ？」

「え、ええ……。ありがとう、と言うのもこれで何度目かしら。あなたには助けられてばかりね」

豊乳の谷間に真っ赤な顔を埋《うず》めたまま立ちつくす少年を、美女はなんとも頼もしそうに見つめ、細い両腕をまわして小柄な体軀《たいく》を包みこんできた。

それはおそらく感謝の念から来る、慈愛と母性に満ちた行動だったのだろう。

しかし家族以外の異性と触れ合った経験のない純朴な少年にとって、女体の持つえもいわれぬしっとりとしたやわらかさはあまりに鮮烈だった。

反射的に自分からも細くくびれた腰へ両腕をまわし、美女にしがみついてしまう。太ももに股間を押しつけるかたちとなり、かつて経験したことがないほど下半身に血流が勢いよく流れこんで、陰茎が硬くふくらんだ。

「うくうぅっ」

次の瞬間、ゾクゾクとした感覚とともに、なにかが熱く漏れ出た。

女体が醸す魅惑の薫りと極上のやわらかさに包みこまれ、たまらず尿道口から先走りが溢《あふ》れてしまったのだ。

「どうしたの。どこか傷めてしまったかしら」

なにかを堪《こら》えるようにギュッと歯を食いしばったまま胸元に顔を埋めて、小刻みに体を震わせている少年の顔を、美女が心配そうにのぞきこんでくる。

体内でふくれあがった狂おしい熱が股間からドロリと流れ出て、パンツが粘液でネットリと汚れてしまったのが自分でもわかる。

(うあぁっ。僕、こんなきれいなお姉さんの前で、漏らしちゃってるっ……。オシッコとは違うけど、なんだこれ……体から力が抜けちゃうよ……)

粗相を気づかれる前に、一刻も早く離れなければいけない。

いつまでも美女にしがみついていたい衝動に駆られながらも、健太はなんとか腰を引き、やわらかな太ももと股間のあいだに隙間を空ける。

幸か不幸か、おっとりとした美女はワンピースのスカート部分を微かに汚した粘つきに気づくことなく、おろおろと少年を見つめていたのだった……。

2

女体と密着して生じたはじめての感覚にしばし呆然《ぼうぜん》としていた健太だが、理性が戻ってくると、股間を覆う粘ついた不快感にブルリと体を震わせる。陰茎はいまだ硬くふくらんだままで、放っておけばまたなにかが漏れ出てしまいそうだ。

水で冷やせば、少しは落ちつきを取り戻せるだろうか。

「あ、あのね。向こうにある森のなかを小川が流れてるんだ。あそこなら日陰で涼しいし、休むのにちょうどいいよ。僕が連れていってあげるよ」

もっともらしい理由を並べ、健太は絹の白手袋に包まれた淑女の手を引く。

その瞬間、手のひらにひろがったすべらかな感触に、ふたたびゾクゾクッと甘やかな震えが股間を走りぬけた。

自転車を農道の脇に停めて鍵をかけた健太は、美女の手をグイグイと引いて歩き出す。

「ああ、そんなに急がないで。まだ少し、ふらふらしているの」

よたよたとした足取りで懸命についてくる美女だが、疲労が抜けきっていないのか、身体が大きくふらついた。

倒れこみそうになる女体に慌てて寄りそい、脇から支えると、ふたたびムニョリとたわわな感触が頬に当たる。

「ご、ごめん。ゆっくり歩くね」

健太は自分勝手に歩き出したことを反省すると、女体が醸す甘く汗ばんだ匂いにどぎまぎしつつ歩調を合わせた。

夏の陽射《ひざ》しがジリジリと照りつけるなか、ふたりは額に玉の汗を浮かせ、息を弾ませて、数百メートル先にひろがる森を目指して歩みを進める。

美女はブランドものと思しき高級そうな本革のショルダーバッグから絹のハンカチを取り出すと、そっと健太の額を拭ってくれた。

「そういえば、まだお名前を聞いていなかったわね。私は篠宮《しのみや》すみれといいます。ふだんは横浜《よこはま》で暮らしているのだけれど、少し体調を崩してしまって、このあたりへは療養に訪れていたの。あなたは、地元の子かしら？」

ずいぶんと距離感が近しくなったが、まだ互いの名前も知らなかったことを健太はようやく思い出した。

（すみれさんか。上品で素敵な名前だな……）

名は体を表すという言葉を改めて実感した少年は、穏やかに微笑む淑女を眩しそうに見つめて自らも名乗る。

「うん。僕は畑中健太っていうんだ。ここから自転車で十五分くらいのところに住んでるんだよ。このあたりのことならだいたい知ってるから、なんでも聞いてよ」

自慢げに胸をたたいてみせると、すみれは頼もしそうに少年を見つめた。

「まあ、頼もしい。健太くんというのね。元気で優しいあなたにぴったりの、よいお名前ね」

自分では平凡でおもしろみのない名前だとばかり思っていただけに、褒められて健太は照れくさそうに頭をかいた。

自己紹介を終えたふたりは、手をつなぎ、寄りそって歩きながら、互いのことを話した。

すみれが纏《まと》う洗練された品のある空気は、隣近所に住む農家の娘たちとはまるで異なっていた。

神秘的とすら言える雰囲気に、出会って間もないながらも健太はすっかり魅せられていた。

言葉を交わしていると、ときが経《た》つのがずいぶんと短く感じられた。

農道を通りぬけたふたりは、背の高い木々が鬱蒼《うっそう》と生い茂った森へとたどり着く。

照りつける強い陽射しは緑の葉に遮られ、周囲の気温が数度は下がり、なんとも心地よい。

「ああ、涼しいわ。ここでなら落ちついて休めそうね」

立ち止まったすみれが瞳を閉じ、新鮮な空気を胸いっぱいに吸いこむ。

木々のあいだを吹きぬけるひんやりとした涼風を受け止め、長く艶やかな黒髪をはらはらとなびかせる浮世離れした姿は、まるで森に隠れ住む高貴な妖精のようで。

健太も思わず立ち止まり、しばしぼうっと横顔に見入ってしまった。

「どうかしたの、そんなにじっと見つめて」

視線に気づいたすみれが、こちらを見つめ返す。

感じたことのない胸の高鳴りに健太は頬を真っ赤に染め、慌てて顔を背け、握っていた美女の手をクイと引っぱった。

「川の近くはもっと涼しいよ。座って休める大きな石もあるし。早く行こう」

「まあ。それは楽しみね」

ほがらかに微笑む淑女の手を引き、胸を張って先導する少年の道行きを、こぼれ落ちたいくつもの木漏れ日が明るく照らしていた。

森のなかを数分歩くと、前方からサアァッと清水の流れる涼やかな音が聞こえてくる。

やがて視界が大きく開け、陽光に照らされて眩《まばゆ》くきらめく小川が現れた。

「アァ、素敵。こんな場所があったのね」

地元民しか知らぬ隠れスポットを前に、すみれはパァッと目を輝かせる。

健太は川べりまで彼女の手を引いてゆくと、寝そべることもできそうな、まるく平べったい大きな石の上へと座らせた。

「静かでよいところでしょ。ひとりになりたいときは、ここへ昼寝しに来るんだ。この石が寝転ぶのにちょうどいいんだよね。それじゃ、座って待っていて。タオルを冷やしてくるね」

親友の浩二にも教えていないお気に入りの場所を、今日はじめて出会った年上の女性に紹介した。

なんだか無性に気恥ずかしくなり、握っていたすみれの手を放すと靴を脱いで素足になる。

ひんやりとした小川へ足を入れ、前かがみになって、手にしていたタオルを冷水に浸した。

「ふう」

まずはどうしようもなく火照った己の頬へ当て、ひと息つく。

軽くしぼると、ふたたび流水にたっぷりと浸す。

丸石にしどけなく腰かけているすみれの下へ戻ると、濡れタオルを差し出した。

「はい、すみれさんも。気持ちいいよ」

「どうもありがとう。……ああ、本当ね。とても心地よいわ……」

よほど疲れていたのか、すみれは手袋をはずすのも忘れてタオルを受け取る。

美貌を覆うと、清涼感にほうっと深い吐息を漏らした。

しばしそのまま涼を取り、疲れを癒《いや》してゆく。

そのなんとも気持ちよさげな姿を、健太もまた無言で満足げに見つめていた。

すると、タオルから垂れた大量の水滴が純白のワンピースを盛りあげるたわわな胸元にボタボタとこぼれ落ちているのに気づく。

たっぷり濡らしたほうが心地よいだろうとあまり強くしぼらなかったせいで、水分の大半が流れ出てしまったようだ。

清楚《せいそ》な白い布地はすっかりジットリと濡れ、薄桃色の下着に包まれた大きな乳房が透けて露《あらわ》になる。

健太は思わず生唾を飲みこむ。

冷やしたばかりの頭部にふたたびカァッと血が昇り、股間がどうしようもなく熱くふくらんでくる。

くっきり浮き出た深い谷間をしばし凝視してしまったが、ハッと我に返り、無防備な淑女にクルリと背を向けた。

「すみれさんはそこで休んでてよ。暑いから、ちょっと川に入ってくるね」

もはや隠しきれぬほど自己主張しているはちきれんばかりの股間をなんとかすみれの死角へ隠し、健太はふたたび小川へジャブリと飛びこんだ。

3

(ううっ。な、なんだこれ。チ×チンがどうしようもなく熱くて苦しいよ。こんなに大きくなったのなんて、はじめてだ……)

小川に足首まで浸《つ》かった健太は、川べりの丸石に腰かけて休むすみれに背中を向けたまま、そっと半ズボンのジッパーを下ろす。

ボロンとまろび出た真っ赤な若々しい陰茎は、ビクビクと苦しそうに打ち震えている。

先端は滲《にじ》み出た大量の粘液でヌルヌルとぬめっていた。

こんな経験は、はじめてだ。

そういえば親友の浩二が以前、股間が大きくなっているのを学校で同級生の勝気な女子に見つかり、不興を買っていたのを思い出す。

もし背後にいる美しい人に、こんな姿を見られたら……。

嫌われるかと思うと怖くてたまらないのに、意識すればするほど血液がドクドクと若い陰茎に流れこみ、まるで縮こまってくれない。

健太はかがんで両手で冷水をすくうと、上から垂らしてみる。

「うひゃっ？　つ、冷たいっ」

思わず声が漏れてしまったが、一瞬ヒンヤリと股間から熱が取れる。しかしすぐにまたうちから衝動がこみあげ、若い竿《さお》はますます元気に反り返ってしまう。

（あう。ダメか。どうしたらいいんだよ、これ……。こんなんじゃ、すみれさんのほうを向けないよ）

健太はがっくりと肩を落とし、己の意に反して逞《たくま》しく隆起したままの陰茎を困惑した顔でツンツンとつつく。

以前に浩二が無理やり押しつけてきた、女性の裸が載ったいかがわしい雑誌を隠れて読んだときも、股間がむずむずとふくらんだ。

だがその際はどうにも気恥ずかしくてならず、途中で読むのをやめてしまった。

するとしばらくして、自然と熱が引いていった。

本物の女性の前ではこれほどまでに狂おしくふくらんでしまうのも、どれだけ時間が経っても熱が引かないのも、少年にとってははじめての経験だった。

対処方法がわからず、しばしうなだれて途方に暮れる。

すると不意に、背中にムニュンとやわらかな感触がひろがった。

「健太くん、どうしたの、大きな声を出していたけれど」

振り返ると、いつの間にか靴を脱いで小川へと入ってきたすみれが背後にピトリと寄りそい、心配そうな視線を向けていた。

「わっ。な、なんでもないよ」

健太は驚いて声を裏返らせる。

衝撃で縮こまってくれないかと期待して目線を下ろせば、鈴を転がすような声に反応してしまい、かえってビクビクと元気に自己主張する。

そしてすみれもまた健太につられ、視線を下に向けた。

「わわっ。み、見ちゃダメだよっ」

「きゃあっ」

隠そうとするあまり、反射的に密着する肢体を振りはらってしまう。

バランスを崩した淑女は、バシャンと小川に尻もちをついた。

「ああっ。ご、ごめんなさいっ。だいじょうぶ？」

健太は慌てて振り向き、右手を差し出した。

だがすみれの視線は差し伸べられた手のひらではなく、少年の股間へ釘《くぎ》づけになっていた。

上品な淑女の眼前で、少年の意志とは裏腹に、己の逞しさを見せつけるかのように若々しい陰茎が反り返り、ビクビクと打ち震える。

真っ赤に充血する若竿とは逆に、少年の顔がサァッと青ざめた。

絶対に嫌われた……。

そう思いこんだ少年は絶望的な気持ちに陥り、あどけない顔をくしゃくしゃに歪《ゆが》める。

居ても立ってもいられず、その場から逃げ出そうとした。

「ま、待ってちょうだい、健太くんっ。行かないで……」

しかし健太の右手首を、白い手袋に包まれたたおやかな手がギュッとつかむ。

恐るおそる振り返れば、ワンピースをずぶ濡れにしてへたりこんだすみれが、瞳を潤ませてこちらを見あげていた。

たしかに土地勘のない場所で、こんな森の奥まで連れてこられたうえに放置されてしまうとなれば、心細くなってとうぜんだろう。

目の前の美女に嫌われたくないあまり、無責任な行動を取りかけた己に反省する。

健太は唇をきつく噛《か》みしめたまま、どんな罵倒も覚悟して、黙ってその場に立ちつくす。

短い時間のうちとはいえ、少年はこれまでに出会ったことのないタイプである美しい淑女に、すっかり魅了されてしまっていた。

それだけに、軽蔑されるかと思うと、かきむしりたくなるほど胸が苦しい。

それでも一度は彼女を助けると決めたのだから、責任は取らねばならない。

健太は泣きそうな顔でギュッと両目を閉じ、すみれからの言葉を待つ。

しばしせせらぎの音だけが周囲に満ちる。

健太は地獄の沙汰を待つ心持ちで息を呑み、ジッとしていた。

だが、不意に鋭敏な股間へサワサワと、えもいわれぬ甘美な感触がひろがった。

「うはぁっ。えっ。す、すみれさん、なにを……？」

あまりの心地よさに思わず声が漏れ、驚いて目を見開く。

視線を落とせば、小川のなかにへたりこんだままのすみれがぽっと頬を上気させ、健太のいきり立つ分身を丁寧に撫《な》でさすっていた。

「健太くん……とっても苦しそう。ずっと股間をふくらませて、もじもじしていたものね。それなのに私を心配して、休める場所まで連れてきてくれて……。なんて奥ゆかしくて、よい子なのかしら……」

淑女は不埒《ふらち》な少年を咎《とが》めることもせず、頼もしそうに目を細めて逞しい肉塊を見つめていた。

牡《おす》の猛《たけ》りに当てられたか、頬はほんのりと桃色に上気し、柔和なカーブを描く瞳はしっとりと潤んでいる。

ぽってりとした肉感的な悩ましい唇は、息苦しいのか半開きになり、熱く湿った吐息が隙間から漏れる。

亀頭の先端をくすぐられ、健太はブルブルッと大きく身悶《みもだ》えた。

「あうぅっ。く、くすぐったい。そんなに見られたら、恥ずかしいよ……頭がおかしくなりそう」

炎天下のなか、自転車を走らせていたときよりも、はるかに脳天がカァッと火照って仕方がない。

そして頭以上に股間には、いまにもはじけそうなほどドクドクと血液が集まっており、ビクビクと脈動が止まらない。

尿道口はもどかしそうにパクパクと開閉をくり返し、ひっきりなしにカウパーが溢れ出てしまう。

トロリと垂れこぼれた粘液が、若竿を握る淑女の手に付着し、上質な布地をネットリと汚して、ジクリと淫靡《いんび》な染みをひろげた。

「アァ……手のなかでビクンビクンと震えているわ。男の子のとってても濃い匂いが、ムワムワとひろがって……吐き出したくてたまらないのね」

サスッ、サスッと触れるか触れないかの絶妙なタッチで敏感な肉竿をいたわりつつ、無意識の行動だろうか、淑女は美貌を若牡の股間へと寄せる。

ツンと高く形よい鼻に、鼻腔《びこう》いっぱいにムワリと牡臭がひろがる。

ヒクヒクと小鼻が震え、清楚な美貌が淫靡に蕩《とろ》けた。

先ほどまでの上品な表情とはまるで異なる女の表情をのぞかせる淑女に、健太も眠っていた獣欲を刺激されたか、生唾を飲みこむ。

向けられた刺すような熱い視線に気づいたか、すみれは気恥ずかしそうに視線を逸《そ》らした。

「そ、そんな目で見ないでちょうだい。はしたない女だと思わないでね。私はただ、あなたがどうしようもなく苦しそうに見えたから、撫でてあげれば少しは落ちつくかしらって……」

申し訳なさげな表情で、上目遣いに健太を見あげるも、肉塊から手を放そうとはしない。

布地に覆われた手のひらであやすように肉幹の表面を撫でさすり、少年の口から心地よさげな呻《うめ》きが漏れるのを確認する。

より反応が大きい部分を見定めると、そこが悦《よろこ》ぶポイントなのだと把握し、さらに丁寧な愛撫《あいぶ》を施してくれる。

健太はすっかり抵《あらが》うのをやめてその場に立ちつくし、未知の快感に身を任せる。

「はしたないなんて思ってないよ。女の人の前でチ×チンが大きくなるって、いけないことだって聞いてたから、絶対に嫌われると思って怖かったんだ。でも、自分じゃどうしていいかわからなくて……。なのに、すみれさんは優しくしてくれて」

すがるような目で見つめ返すと、すみれはにっこりと微笑み、頷き返してくれた。

濡れて大きく透けたワンピースを華奢な肢体に貼りつかせたまま少年の前へしゃがみこみ、シュクッシュクッと右手で丁寧に肉竿をしごきあげる。

「優しいだなんて……。わたしのせいで悩ませてしまったのだもの。責任を取らなくてはいけないと思っただけよ。あまりこういうことに慣れていないから、上手にできなかったらごめんなさいね」

たしかに手つきはぎこちなかったが、すみれは羞恥を呑みこんで陰茎をじっくり観察し、過敏な反応を示した部分を重点的に撫でさする。

献身的な手淫は、健太にたまらない快楽をもたらした。

「うあぁっ。スベスベの手袋が擦《こす》れて、気持ちいいよ……ゾクゾクする」

「そうなの？　ああ、本当だわ。撫でるたびにビクビクして、ヌルヌルがたくさん溢れて……匂いも、ますます濃くなって……んくっ……」

ひっきりなしにカウパーを垂らし、肉臭をムンと漂わせる若き牡肉を、すみれは悩ましい視線で見つめ、口内に溢れた唾を飲みくだす。

「手をつないで歩いていたときも、手袋のサラサラした感触と女の人のやわらかさにドキドキしっぱなしだったんだ。撫でられていると、なにかがぞわぞわ上がってくる感じがしてたまらないよ……。もっといっぱい、撫でてほしい……」

もどかしい快感が羞恥心を塗りつぶし、健太は素直におねだりする。

少年に甘えられ、淑女は母性をキュンと刺激されたようだ。

拒絶せずに右手で肉幹をすっぽりと包みこむと、シュコッシュコッとしごきたてる。左手ではパンパンにふくれて重く垂れ下がった睾丸《こうがん》をそっと手のひらへ乗せ、クニクニと甘やかに揉《も》みこんでゆく。

「手袋の感触が好きなのね。わたしもサラリとした質感が好きで、包まれているととても落ちつくものだから、いつも身に着けているのよ。あなたも気に入ってくれたのね。なんだかうれしいわ」

シンパシーを感じたか、手淫奉仕に熱がこもる。

もたらされる快美感に、尿道口から溢れたカウパーがネットリと滴り、肉幹全体にひろがってゆく。とうぜん、肉竿を握りこむすみれの手のひらにも粘液がベットリとひろがる。

上質な薄布にグチュグチュと染みこみ、卑猥《ひわい》に汚しはじめる。

「あうぅ……ヌルヌルが止まらない。朝起きてチ×チンが大きくなってることはあるけど、こんなのはじめてだ……。ごめんなさい、すみれさん。大事な手袋、汚しちゃった」

「いいのよ。ビクビクとうれしそうに反応して……ドクンドクンと熱く脈打っているのが、伝わってくるわ。アァ、手のひらがネトネトに……あなたのお汁に、わたしが染めあげられてゆくよう……」

潔癖そうに見える淑女だが、付着した粘液に不快感を示すこともなく、むしろ手のなかでぬめりがひろがるのをどこか愉《たの》しんでいるようにも見えた。

健太はじっとしていられなくなり、ゆるやかな手淫のペースに合わせて自分でも腰を前後に揺すり出す。

ネチョネチョと卑猥に濡れそぼる布地で肉竿を擦られるのも、また違った快楽をもたらされて、興奮が鎮まらない。

「スベスベの感触も気持ちよかったけど、グチュグチュの手袋で撫でられるのもニュルニュル滑ってたまらないよ。ああっ、もうダメだっ。すみれさん、僕……なにか出そうっ」

えもいわれぬ快感が頂点に達し、健太はブルブルッと全身を震えあがらせ、グイッと大きく腰を前に突き出す。

「もう出てしまいそうなのね。いいのよ、出して。一度出せばスッキリして、アソコも小さくなるはずだから」

コシュコシュと手淫を続けたまま、すみれは半身をずらす。

放出をよけ、流れる小川に向かって劣情を吐き出させようとしたのだろう。

だがその瞬間、健太の胸を言いようのない失望感が襲う。

滾《たぎ》る劣情を、直接目の前の淑女にぶつけたい。

美しく清楚な面差しを自分の証《あかし》でドロドロに染めあげてしまいたい。

歪んだ思いがふくれあがり、気づけば勃起の先端をすみれの鼻先に突きつけ、両手を伸ばして美女の小顔をがっちりとつかむ。

「よけちゃイヤだよ！　見てて、すみれさんっ。僕……出るうぅっ！」

「きゃっ、は、放してちょうだい、健太くん。いけないわ、こんな……んぷあぁっ」

とつぜんのことに、すみれは手を振りはらう暇もなかった。

尿道口がブクッと大きく開き、ブビュルルーッと大量の煮えたぎる白濁が噴射された。

放出されたドロドロの粘液は目の前の美貌へ容赦なく襲いかかり、ベチャベチャとへばりついて真っ白に塗りつぶしてゆく。

「んぷぷっ。ンアァ、熱いわ。お顔が溶けてしまいそう……」

粘度の高い若牡の種汁をベットリと塗りたくられ、美女はくぐもった呻きを漏らす。

衝撃にすっかり固まってしまったか、すみれは射精を続ける健太の前にひざまずいたまま、呆《ほう》けた顔で射精を受け止めつづける。

己の白濁に塗《まみ》れてゆく淑女を見下ろしていると、えもいわれぬ征服感が健太の胸を満たした。

(ああ、僕、すみれさんを汚しちゃった。オシッコとは違うドロドロでネバネバの汁で、きれいなすみれさんの顔が真っ白に……。でも、なんだろう。すごく興奮してる。嫌われたくないのに……もっと汚したいって考えちゃう)

顔への射精に対する驚きで、すみれの右手は、脈動をくり返す肉竿を包みこんだまま動きを止めていた。

健太はすみれの手ごと己の肉棒をギュッと握りしめ、ガシュガシュと激しくしごきたてる。

「くうぅっ。グチュグチュになった手袋に擦られるの、たまらなくゾワゾワするよ。腰が抜けちゃいそうだっ。僕の奥にたまっていたものが、白いドロドロになってぜんぶ出てくるみたい……。すみれさん、もっと見てっ」

カウパーと精液でグチュグチュと卑猥に濡れそぼった美女の手淫は、圧倒的な快楽を初心《うぶ》な少年にもたらした。

若竿からはビュバッ、ビュバッと何度も灼熱《しゃくねつ》の白濁が噴きあげ、清楚な美貌にベチャベチャと層になって降りつもる。

「アァン。なんてたくさんなの。目を開けていられない……。手のなかで、ヤケドしそうなほど熱く硬くなったオ、オチ×チンが……ビクン、ビクンと脈打ちつづけて。んふあぁ……クラクラする匂いで、おかしくなってしまいそう……」

瞼《まぶた》にも白濁が積もってしまい、すみれは目のなかに入らないように瞳を閉じる。

射精を続ける若竿の前に皿のごとく美貌をさらし、すべてを受け止めた。

その従順な姿勢が、ますます若牡の劣情を昂《たかぶ》らせる。

健太は睾丸にたまっていた澱《よど》みを出しつくすまで、狂ったように顔面射精をくり返したのだった。

4

「うあぁ……。すごい……ぜんぶ出ちゃった……」

多量の射精とともに全身から力が抜けきった健太は、へなへなとその場にへたりこんだ。

ジャブンと小川に腰まで浸かってしまい、半ズボンもパンツもずぶ濡れになる。焼けるほどいきり立っていた肉竿が、清水に冷やされて心地よい。

しばし射精の余韻に浸って呆然と夏空を見あげていたが、やがて火照りが鎮まるとともに、冷静さも戻ってくる。

改めて視線を前に向ければ、美しき面差しを白濁の糊《のり》でベットリと塗りつぶされたまま呆けて座りこんでいるすみれの姿があった。

「あぁっ。ご、ごめんなさい。僕、なんてことを……」

はじめて心惹《こころひ》かれた異性を、こんなにも汚してしまった。

嫌われたに違いないという恐怖で、冷水に浸かっているためという以上に全身の体温が一気に下がり、ブルブルと震える。

健太はあどけない顔をクシャクシャに歪め、すみれの手をキュッと握って必死に謝罪する。

淑女は熱に浮かされたようなぼうっと赤らんだ顔で薄目を開く。

不埒なまねをした少年を叱りつけるでもなく、穏やかな微笑みを浮かべた。

「いいのよ。私のせいでこんなにもたまってしまって、苦しかったのでしょう？　あなたが落ちついたのなら、それでよかったわ……」

慈愛に満ちた言葉とともに健太の手を握り返し、慰めるように手の甲を優しくさすってくれた。

そして右手を、大量の白濁がダラダラと卑猥に糸を引いている美貌へ添え、手のひらでぬめりを拭い取ってゆく。

「アァン……なんて粘り気なの。うまく取れないわ……」

布地にベットリと大量の精液が付着し、グジュグジュと染みこんで卑猥に変色する。

「うう……。僕、すみれさんをいっぱい汚しちゃった……最低だ……」

上質な白手袋が汚れてゆく様は罪悪感を激しく駆りたて、健太は泣きそうな顔でうなだれた。

後悔に打ちひしがれる少年が、あまりにも気の毒に見えたのだろうか。

すみれは左手で健太の頭をあやすように優しく撫でる。

「そんな顔をしないで。汚くなんてないわ。スンスン……とても濃い匂い。男の子って、すごいのね……」

淑女は手のひらにこんもりと積もったゼリー状の粘液にそっと顔を寄せ、小鼻をヒクつかせる。

鼻腔いっぱいに充満する濃密な匂いに、まるで酒に酔ったかのような表情でホウッと艶《なま》めかしい吐息を漏らす。

そして目の前でしょげ返る少年を慰めるべく、皿にした手のひらに口をつけ、はしたなくもズルルッと白濁を啜《すす》りあげてみせた。

「ああっ……。すみれさんが、僕が出したのを……飲んでる……」

予想外の行動に呆気《あっけ》にとられるも奇妙な興奮に駆られ、健太は白濁に塗れて照り輝く美女の淫靡な唇を食い入るように見つめる。

「ハァン……そんなにジッと見てはダメ。なんて粘り……。口のなかに健太くんの味がひろがって……舌も頬も、ネバネバだわ……」

あまりの粘度に半固形物となった精液を容易に飲みこめないのか、すみれはクチャ、クチャと卑猥な汁音を立てて嚙みつぶしている。

一度口にしたものを吐き出しては、かえって健太を落ちこませてしまうと考えたのかもしれない。

上唇と下唇の狭間《まざま》にトロリと白濁の糸を引かせて味わう姿は性知識の乏しい少年相手でも牡《おす》の本能を揺さぶるほど、たまらなく淫猥であった。

「なんだか、うっとりした顔をしてる……。すみれさん、それ、おいしいの……？」

「お、おいしくなんて……」

すみれは健太の問いを否定しようとするが、少年の顔に落胆が浮かんだからだろうか、続く言葉を呑みこむと、テロリと淫靡に舌を垂らし、手袋に染みこんだ精液をペチョリペチョリと舐《な》めはじめた。

「でも……健太くんのお汁だと思うと、ほんのりと甘く感じてきたような……ジュルルッ」

細く長い指を一本一本咥《くわ》えて、布地に染みこんだ白濁を丁寧にねぶり取る姿に、健太はなんともいえぬ興奮を覚える。

冷水に浸かってすっかり縮みあがっていたはずの陰茎が、腰の奥からこみあげる衝動で、ビクンッとふたたび脈打ったのだった。

第二章　汚れた白い手袋

1

（うう……僕、とんでもないことをしちゃった。あんなきれいな人を相手に……）

サラサラとせせらぎの音だけが響く、静寂に包まれた森のなか。

全裸になった健太は、大きな平べったい石の上に体をまるめて縮こまっていた。

脱いだ衣服は、十歩ほど離れた位置にある木漏れ日の降りそそぐ石の上に並べて置かれている。

真夏の陽射しにさらしておけば、一時間も干せば乾くことだろう。

健太の半ズボンやパンツの隣には、同様にすっかりずぶ濡れになった清楚な白いワンピースや薄桃色の艶《あで》やかな下着、はずした白い手袋も並んでいる。

つまりすみれもまた、濡れた着衣を脱ぎ捨てて、生まれたままの姿ですぐそばにいるということだ。

健太が体をまるめて縮こまっているのも、万が一にも彼女の裸体を目に入れてしまわぬためだった。

これ以上おかしなまねをして、本当に嫌われてしまいたくなかったのだ。

しばし無言の気まずい時間が続いたころ。

不意に川べりを、ヒユウッと涼風が吹きぬけた。

「アァ……少し、冷えるわね」

小さな呟《つぶや》きが背後から漏れる。

濡れた身体は互いにタオルやハンカチで拭き取ったとはいえ、裸体のままヒンヤリとした水辺の空気にさらされつづけて、底冷えしてしまったのだろうか。

そっと首をうしろへめぐらせれば、少し離れて石の上に寝そべっていたすみれが華奢な肢体を小さくまるめ、両手で肩を抱いて、微かに震えているのが見えた。

「だ、だいじょうぶ？　寒いの？」

心配して尋ねた健太に、すみれはぎこちない笑みを返す。

「いいえ、平気よ。……と言いたいところだけれど、本当は少し肌寒いの。健太くんさえよければ……近くに寄ってもいいかしら」

しなやかな両腕が少年に向かって伸ばされると、隠すもののなくなったたわわな乳房がプルンと悩ましく弾んだ。

桃色の突起が白い果実の頂点で息づく。

思わず生唾を飲みこむも、健太は慌てて視線を逸らす。

とはいえ、寒さに震える淑女をそのまま放っておくわけにもいかない。

寝返りを打つと、顔だけは背けたままもぞもぞとすみれへ近づく。

豊満な乳房に鼻息が当たる距離まで近寄ったが、自分から柔肌に触れるのははばかられ、まごつき、俯いてしまう。

するとすみれに、ギュッと抱きすくめられた。

深い胸の谷間に顔が埋もれ、思わず心地よい呻きが漏れる。

「むぷぷっ。ああ、やわらかい……」

「アァ……健太くんの体、とても温かいわ。もう少しこのままでいさせてね」

すみれの手が優しく健太の後頭部を撫でた。

密着してみれば、すみれの肢体はずいぶんとヒンヤリしており、小刻みに震えていた。

このままでは風邪を引かせてしまう。

彼女の具合を心配して、こんな場所まで連れてきたというのに、本末転倒だ。

健太は意を決して淑女のくびれた腰へ両手をそろそろとまわし、ギュッと抱きついた。

「うふふ。そんなにくっついて……。健太くんも寒かったのね」

「う、うん……」

すみれはいやがることなく、慈愛に満ちた笑みを浮かべて顔をのぞきこんでくる。小さく頷くも、気恥ずかしくてならず、視線から逃れるようにより深く豊乳の狭間へ顔を隠した。

(うあぁ、あったかい……。それに、すごくイイ匂いがして、頭がぼうっとする……。女の人の身体って、こんなにもやわらかいんだ……)

はじめて味わうナマの女体がもたらす蕩けるようなやわらかさに、健太は酔いしれる。

甘えてすがりつく少年をすみれは、母性の詰まったたわわな胸でしっかりと受け止め、愛《いと》おしそうに包みこむ。

「ごめんなさいね。私のせいでずぶ濡れになってしまって……。夏休みですものね。本当はどこかへ遊びに行くところだったのでしょう？」

すみれが申し訳なさそうに呟く。

健太は顔を上げぬまま、首を左右に揺すって否定する。

ムニムニと弾力のあるすべらかな乳肌に頰が擦れて、なんとも心地よい。

「気にしなくていいよ。こんな田舎だもん。することもなくて、どうせ暇だったし。それより僕のほうこそ、具合の悪いすみれさんを川に落として、かえって風邪を引かせそうになったり……チ×チンから出た汁で汚しちゃって……うう」

健太は清楚な美貌を白濁で染めてしまったことを改めて思い出し、ますますしょげて落ちこむ。

罪悪感に駆られて胸の谷間に隠れる少年を、慈悲深き淑女はポンポンと頭に手を置き、慰める。

「男の子ですものね。仕方がないわ。健太くんが悪い子じゃないって、もう充分にわかっているから……」

そして少年の耳元へ唇を寄せ、そっと囁く。

「ねえ、健太くんは……好きな女の子って、いるのかしら」

「えっ？」

思いがけぬ問いに、健太ははじかれたように顔を上げ、すみれを見つめ返す。

「もし恋人がいるのなら……こんなおばさんに裸でくっつかれて、本当はいやな思いをしているんじゃないかなって、心配で……」

すみれが自嘲ぎみに呟き、視線を落とす。

健太は慌ててブンブンと左右に首を振る。

「ま、まさか！　すみれさんは、ぜんぜんおばさんなんかじゃないよ。こんなに上品できれいな女の人、このあたりじゃ見たことがないもの。同じ学校に通うどんな女の子よりも素敵で……チ×チンがあんなに大きくなったのもはじめてで……ええと……うぅ」

淑女の自虐的な言葉を否定しようと、必死になってまっすぐに胸のうちに秘めた想いをぶつける。

だが伝えるうちにだんだん羞恥心が増してきて、次第に言葉がまとまらなくなる。

結局は尻切れトンボのまま、真っ赤になった顔をふたたび俯かせた。

「まあ……。ありがとう。そんなふうに思ってくれていたのね……。とてもうれしいわ。うふふ」

あまりにもストレートに賞賛を浴びせられたすみれもまた、年がいもなく動揺し、少女のように頬を染めて、はにかんだ笑みを浮かべた。

沈黙がしばしふたりのあいだを流れる。

冷えていた互いの裸体は、いつの間にかもどかしいほど熱く火照っていた。

思いの丈を打ちあけた健太は、脳が沸騰し、息苦しくてたまらなかった。

どうしてよいかわからず、すみれにしがみついたまま、ふくよかな乳房に顔を埋める。

(うう……ドキドキが止まらない……。きっと僕……出会ったばかりだけど、すみれさんのこと……好きになっちゃったんだ。こんな気持ち、はじめてだ……。ああ、体が熱いよ……胸が苦しい……。アソコもなんだか、ムズムズして……)

気づけばあれだけ大量に精を放出して萎えていたはずの若竿が、硬度を取り戻して、カチカチに反り返っていた。

節操なくふたたび勃起してしまったことに罪悪感を覚え、健太はもぞもぞと腰を引く。

だがうっかり肉幹が、張り出した美女の太ももに擦れてしまい、えもいわれぬ快感がゾワゾワッと背すじを走りぬけた。

「うあぁっ。す、すみれさんっ」

健太は反射的にすみれの柳腰にまわした両腕に力をこめ、華奢な肢体にギュッと密着する。

いきり立つ若竿は太ももの狭間へズプッとはまりこみ、先端から大量に滲み出たカウパーで、すべらかな柔肌をベットリと卑猥に汚した。

「きゃっ？　健太くん、どうしたの……アンッ。ダ、ダメよ。そんなに擦りつけては……ンンッ」

熱い肉塊を何度も擦りつけられ、すみれは思わず右手の人さし指を噛む。

それでも唇からは悩ましい吐息が漏れ出てしまい、ますます若牡の獣欲に油を注ぐ。

「ごめんなさい。でも、ううっ……止められないんだ。すみれさんの裸が、あったかでイイ匂いがして……やわらかすぎるから。おっきくなっちゃったチ×チンを擦りつけてると、どうしようもなく気持ちよくて……我慢できないよぉっ」

閉じ合わされた太ももの狭間に鋭敏な若竿を出し入れすると、えもいわれぬ快感がひろがる。

柔肌に付着したカウパーが潤滑油となり、腰を前後させるたびに太ももの滑りが増す。ニュブッニュブッと抵抗なく呑みこまれては抜け出てゆく様は、まさしく性交そのものだ。

亀頭や傘裏が擦れるたびに、たまらない感覚がはじけ、理性を失った少年は夢中になって腰を振る。

戸惑いの表情を浮かべて少年を見つめる淑女も、どう宥《なだ》めてよいかわからぬのか、ぶつけられる若い獣欲を、うわずった声を漏らしてただ受け止めるだけでいる。

「ンッ、ンッ……いけないわ、こんなまね……。アァ、オチ×チンが震えるたびに、ヌルヌルが溢れて……。私の太ももが、ネトネトに……ハアァァン」

「ヌメヌメになった脚にチ×チンが擦れるたび、くうぅっ、たまらなくゾワゾワする。ああ、なにかが上がってきた……。あの白いのがまた、たまってきてるんだ」

若竿がパンパンに張りつめるとともに、睾丸がずっしりと重くなってくるのがわかった。

ふたたびすみれに向かってあの濃厚な液体を浴びせかけたいという欲望が、抑えきれないほどにふくれあがる。

放出すれば落ちつきを取り戻せるはずという大義名分の下、健太はしゃにむに腰を振る。

「すみれさん、このまま出させてっ。じゃないと僕、おかしくなりそうで……どうしていいかわからなくてっ」

泣きそうな顔ですがるように見あげる健太に、すみれは困り顔を浮かべる。

淑女はしばし逡巡《しゅんじゅん》していたが、獣欲に呑まれて腰を振りつづける憐《あわ》れな少年を前に同情心が湧いたか、やがてコクリと頷いた。

「わ、わかったわ。きっと、私が裸で抱きしめたせいですものね……。落ちつくまで、好きにしてちょうだい」

薄く微笑むと、深い胸の谷間にムギュッと健太の顔を埋めさせ、小柄な体軀を愛おしげにスッポリと抱きすくめた。

(ううっ。なんて優しい人なんだろう……。オッパイ、大きくてすごくやわらかい。くっついてると、どんどんチ×チンが硬くなってくる……。甘い匂いがムワムワして、頭がクラクラする。これが女の人の身体なんだ……ああ、すごいよっ)

健太もまたギュウッとすみれに抱きつき、太ももの狭間へ漲《みなぎ》る若竿を一心不乱に出し入れする。

ムズムズと射精の予兆が高まりつつあったが、それでも先ほど大量に放出したばかりのためか、なかなか暴発は訪れなかった。

「ンッ、ンッ……ンアァッ……」

するといつしか、頭上からも切れぎれに、悩ましい喘《あえ》ぎが漏れはじめた。

いきり立つ肉塊が淑女の太ももだけでなく、ぽってりと充血した恥丘の表面も擦りあげていたようだ。

（太ももがますますネチョネチョしてきた。これ、チ×チンの先っぽから出た汁だけじゃない……。すみれさんの股からも、ヌルヌルしたのが溢れてるんだ……）

健太は親友の浩二が以前に話していた内容を思い出す。

昨年の夏休みに遠方に住む親戚のお姉さんと恋人になり、初体験を済ませた親友は、誇らしげに語っていた。

――知ってるか、ケンちゃん。男が好きな女の子の前でチ×チンが大きくなるのといっしょで、女の子も好きな相手と抱き合ってると、マ×コが濡れてくるんだぜ。

気恥ずかしくて聞きながしてはいたものの、いまになって親友の言葉が鮮明に脳裏へ呼び起こされる。

（すみれさんも、男ならチ×チンが生えているところに開いている穴……オマ×コを、濡らしてるんだ。ということは……すみれさんも僕のことを……っ）

都合よく解釈した少年は、あどけない顔をパァッと輝かせる。

自らの快楽のみを求めて太ももに擦りつけていた若竿をわずかに上へとずらし、積極的にすみれの火照った恥丘へもニュズッ、ニュズッと擦りつけはじめた。

「ンアァッ。健太くん、いけないわ。そこに触れては……アッアッ」

「うはぁっ。プニプニで、すごく気持ちいいっ。ココ、すごく濡れてるよ。僕、すみれさんのナカに入りたい……。すみれさんと、はじめてのセックスをしたい！」

あまりにもストレートな懇願に、すみれは驚いて目をまるくする。

「な、なにを言うの。ダメよ。いくつ年が離れていると思っているの。健太くんみたいな優しい子には、いずれ素敵な恋人ができるわ。そのときまではじめては大切に取っておかなくちゃ……ハァンッ。先っぽでグリグリしてはダメェッ」

すみれは大人として少年の暴走を諫めるものの、女の急所を刺激されて思わず声をうわずらせる。

尻を引いて離れようとするが、健太は腰にまわした両腕に力をこめて、グイと引きよせ、逃がさない。

ヌチュヌチュと蜜が溢れつづける股のつけ根に若竿の先端をグリグリと押しつけ、ニュブリ、ニュブリと少しずつ亀頭を埋めこんでゆく。

「年の差なんて関係ないよ。こんな気持ちになったの、はじめてなんだ……。最初の相手は絶対にすみれさんがいい。くうぅっ、先っぽにヌメヌメが当たって、チュッて吸いついてくる。ああ、もっと入りたい……すみれさんとひとつになるんだ！」

楕円形の秘唇を割り裂き、とうとう亀頭がヌブッと膣穴へ収まる。

亀頭の笠《かさ》に媚肉をこそがれ、すみれは仰《の》け反って身悶える。

「アヒィッ。アァ、入ってしまったわ。今日はじめて出会ったばかりの、男の子のオチ×チンが……。許されないわ、こんなこと……」

引き攣《つ》った喘ぎを漏らし、困惑に瞳を揺らす淑女を、健太は亀頭を襲う強烈な快感に身悶えしつつ、ジッと熱く見つめる。

「どうして？　僕はいま、うれしくてたまらないのに。アァ、チ×チンの先っぽ、熱くて溶けちゃいそうだよ……。すみれさんのナカもすっごくトロトロになってるのがわかるよ。僕、いっしょに気持ちよくなりたいよ」

しっとりと汗ばんだ乳房の狭間に顔を埋めたまま、すがるような目ですみれを見あげ、カクカクと小刻みに腰を振る。

ニュブッニュブッと浅い抽送をくり返すたび、媚肉に亀頭がズリズリと擦れる。

淑女は甘い声をあげ、長く艶やかな黒髪を左右に振り乱す。

「アンッ、アンッ。ダメよ、動かないでちょうだい。健太くんの、熱いモノが擦れて……ンンッ……。アソコがじんわりと痺《しび》れて……ンアァッ」

「奥からヌルヌルが、いっぱい溢れてきたよ。チ×チンの先っぽといっしょだね。うあぁ、どうかしちゃいそうなくらい気持ちいい……。もっと奥まで入りたい。すみれさんのナカを、いっぱい感じたいよっ」

熱く訴えかけるも、健太は勝手に若竿をねじこみはしなかった。

同意を得ぬまま奥まで侵入するのは、間違っていると感じたのだ。

チュブチュブと膣口への抽送をくり返すたび、蕩ける心地よさに肉塊が震え、粘り気のある先走りがピュルッ、ピュルッと漏れ出る。

膣奥から滾々《こんこん》と染み出た愛蜜と混ざり合い、決して経験豊富ではなさそうな秘穴がジュプジュプと淫猥に泡だってくる。

すみれは唇を噛んで喘ぎを押し殺し、快感に耐え忍んでいる。

なんとか暴走を収めようと懸命に言葉を重ねるが、優しすぎる態度はかえって少年を焚《た》きつけてしまう。

くり返される浅い出し入れに、秘唇がしどけなくほぐれてくる。

若牡の情熱が伝播《でんぱ》したか、淑女の意志とは裏腹に、膣口が亀頭にチュボチュボと吸いつきはじめる。

「あうぅっ。オマ×コが、チ×チンの先を吸ってる。気持ちいいよ。腰が震えちゃう。

このままじゃ、また出ちゃうよ」

本懐を遂げぬまま暴発してしまう予感に、健太はあどけない顔をクシャクシャにして無念そうに呻く。

すると、とうとう根負けしたか、それとも哀れを誘う少年の姿に心を揺さぶられたか。すみれが両手を健太の背中にまわし、射精の予兆にブルブルと震える小柄な体軀をギュウッと抱きしめた。

「アァ、健太くん、そんなにも私とひとつになりたいのね……。いいわ。いらっしゃい。あなたの気持ち、受け止めてあげる……」

慈愛に満ちた笑みを浮かべると、そっと瞳を閉じ、ぽってりとした唇をふにゅりと少年の頰に重ねる。

その瞬間、ギリギリで抑えこんでいた少年の獣欲が一気にふくれあがる。

くびれた柳腰にまわしていた両腕にギュッと力をこめて玉の汗が滴る華奢な裸体を限界まで抱きよせると、思いきり腰を前に突き出す。

浅い抽送のくり返しですでに充分ほぐれていた膣穴は、若牡の侵入を拒むどころかたやすく受け入れる。

漲る肉塊は遮られることなく、膣奥までズップリとはまりこんだ。

「アヒイィーッ。ンハアァッ、大きな硬いモノが奥まで……。なんて逞しいのっ」

すみれが強烈な突きこみに、おとがいを反らして喘ぎ、悶える。

反動でブルルンッと弾んだたわわな乳房に顔を埋めたまま、健太はようやく訪れた目も眩《くら》むほどの圧倒的な快感にガクガクと全身を震えあがらせる。

「うはあぁっ。こ、これがセックス……。僕、すみれさんとひとつになれたんだ」

感動に胸を打ち震わせ、ギュウッとすみれにしがみつく。

粘液たっぷりに濡れそぼる膣穴に根元まで呑みこまれ、途方もない快感の嵐が未熟な若竿を四方八方から襲った。

「ああっ、すごいよ、オマ×コのなか。ヌメヌメのお肉にネチョネチョ撫でられまくって、チ×チン溶けちゃう。気持ちよすぎておかしくなるっ」

恐怖すら覚えるほどの心地よさに、思わず腰を引こうとするも、膣穴はキュキュゥッと悩ましく収縮し、戸惑いに震える若竿を咥えて放さない。

グネグネとうねる膣襞に肉幹の鋭敏な部分をねぶられ、少年は理性を失くして悶え、喘ぐ。

「アァンッ。言わないでちょうだい。私のアソコ、そんなにいやらしくなんて……。ンアァッ。ナカでビクンビクンって、暴れさせないでぇ」

いかに膣の具合が淫猥かを言葉で伝えられ、すみれは美貌を羞恥で真っ赤に染める。だが快楽に翻弄された若竿が膣内でのたうつたび、媚肉をうちからゾリッとこそがれ、半開きになった唇から甘い声が漏れ出た。

まぐわいにより汗腺が開いたか、女体から醸される匂いがムワンとより濃密さを増す。

健太は年上美女のフェロモンに溺れながら、自分から動くこともできず、襲いかかる快楽にただただ必死で耐えつづける。

そのあいだも膣はチュボッチュボッと若竿を吸いあげ、絶頂へと引きあげる。

とうとう少年は耐えきれなくなり、腰を大きくブルブルッと震わせた。

「あうぅっ。出るよ、すみれさん。あの白いのが出るっ。気持ちいいのが、いっぱい出るぅっ！」

ドビュルルーッと先ほど以上の勢いで、尿道口から精液が噴射し、膣奥をビチャビチャと激しく打ちすえる。

「ハヒイィーンッ！　ア、熱いぃっ！」

灼熱の白濁に身体の奥から焼かれたすみれも、静かな川辺に甲高い嬌声《きょうせい》を響かせ、ビクンビクンッと全身を激しく躍らせる。

あまりの鮮烈な衝撃を前に、ギュウッと少年にしがみつく淑女。汗ばんだ柔肉に全身をスッポリと包みこまれ、少年の全身に途方もない幸福感が染みわたる。

健太は、ドビュルッドビュルッと何度も膣穴に濃厚な精を注いだ。

「うくあぁっ。止まらないよ、まだまだ出るっ。熱いのがどんどん奥から上がってくるんだ。ぜんぶ出ちゃうよ。僕、おかしくなるぅっ」

女体に密着したまま無意識に腰を限界まで突き出し、最奥にブビュッブビュッと白濁の塊を放ちつづける。

どれだけのあいだ、射精していただろうか。

やがてビクッビクッと痙攣《けいれん》しても、種が出ないほど己のすべてを吐き出しつくした少年は、快楽の波に意識を呑まれ、淑女の胸に包まれて気を失った……。

2

(シアァ……。私ったら、いったいなにをしているの……)

すみれは陶然とした心地で頭上を見あげ、木々が風にそよぐ様を呆然と見あげていた。

夫との離縁が決まったことで心労が重なり、数年ぶりに別荘のあるこの地へ療養に訪れていたのがつい先日のこと。数日は屋敷にこもってばかりだったが、心配した老執事の勧めもあり、気分転換にと外の空気を吸いに散歩へ出た。

だが同じような景色が続いたため、いつの間にか道に迷ってしまい、体力も尽きてその場にへたりこんでいた。

そこへ心優しき少年が現れた。

明るく素直な彼は、うずくまって動けずにいるすみれの手を無邪気に引いてくれた。

純真無垢《じゅんしんむく》な少年が向けてくれる憧れの視線は、弱っていた心をこそばゆくも癒した。

そんな心温まる交流が、あまりにも近い距離で触れ合いすぎたか、いつしかおかしな方向に転がりはじめた。

ふだんのすみれは、出会ったばかりの男性へ簡単に身体を許すような女ではない。

だがはじめての女性との密着による肉体の変化へ戸惑う少年を見ていると、年上として、なんとか鎮めてやらねばならないという庇護《ひご》欲が湧いた。

自分を気遣ったせいで、少年は湧きあがる狂おしい牡の衝動に苦しんでいるのだ。

そう思えば叱りつけることもできず、猛りを目の前に突きつけられても滾る劣情を浴びせられても、すべてを受け止めてやった。

そんな選択をしたのも、人恋しさにより温もりを求めてしまったからかもしれない。

気づけばすみれは取り返しのつかぬところまで、若牡を焚きつけてしまった。

結果、あどけない顔に似合わぬ逞しい若竿に秘所を貫かれ、うちから熱く染めあげられたのだった。

（アァ……。アソコが熱いお汁でドロドロとぬかるんでいるわ。なんてたくさん吐き出したの。私のナカ、そんなにも気持ちよかったの……？）

視線を落とせば、健太は瞳を閉じ、幼子のような安らいだ表情を浮かべ、たわわな乳房に甘えて頬を擦りつけていた。

そんな顔を見せられては、邪険に振りはらうこともできなくなる。

すみれは小さく溜息《ためいき》をつくと慈愛に満ちた微笑みを浮かべ、眠る健太の頭を優しく撫でる。

ずぶ濡れになって冷えていた身体も少年の熱気に当てられてすっかり火照り、透きとおる白い肌はカァッと赤く色づいていた。

より温もりを求めようと、すみれは健太の小柄な肢体をムギュウッと愛おしげに抱きすくめる。

しばし穏やかな時間が流れ、せせらぎの音だけが周囲に満ちる。

どれくらいそうしていただろうか。

若い精がじっくりと染みこみ、じんわりと悩ましく疼《うず》いていた媚肉が、不意にゾリッとうちから熱くこそがれた。

「ンアァッ。な、なに……？」

とつぜんの衝撃に、思わず甲高い喘ぎが漏れる。

驚きで目をまるくしていると、いつの間にか意識を取り戻していた健太が、瞳を輝かせてこちらを熱く見つめていた。

「うう……いつの間に寝ちゃってたんだろう。頭が真っ白になるくらい、気持ちよかった……。すみれさん……セックスって、すごいんだね。ありがとう。はじめての相手になってくれて」

純真な少年は憧れのこもった視線をこちらに向け、満面の笑みを浮かべている。

心が温かくなると同時に、無垢な少年にいけない経験をさせてしまったようで、すみれは罪悪感に胸を締めつけられた。

「そ、そう……よかったわね。じゃあ、そろそろ離れましょうか。いつまでも裸のままでは、風邪を引いてしまうわ」

そう言って尻を引き、距離を取ろうとする。

だが健太は腰にまわした両腕に力をこめ、ふたたびすみれを抱きよせる。

同時に自らも腰をグイと突き出した。

すっかり硬度を取り戻した逞しい若竿が、残滓《ざんし》がベットリと貼りつき、疼きの残る媚肉をゾリッと熱くこそぎあげる。

「アヒィン。ダ、ダメよ、健太くん。放してちょうだい。ンハアァッ、入ってこないでぇ」

膣内に放出された大量の精液が潤滑油となり、漲る若竿はいともたやすく奥まで、ニュブニュブとはまりこんでしまう。

泡だった残滓がかき出されて、ゴプリと結合部から溢れ、太ももをダラダラと汚す。

(アァン、うそ……。どうして健太くんのオチ×チン、またこんなにも大きく、硬くなっているの。あんなにたくさん射精したばかりなのに。それも二度も……)

これまで交わった異性といえば、かつての夫、ひとりだけ。

その夫も家どうしの取り決めで結ばれただけで、純粋な恋愛経験は皆無であった。

だが目の前の少年は、すみれという一個人を狂おしいほどに求めている。

それも若いころならいざ知らず、二十八歳と倍も年が離れた自分をである。

いつのころからか諦めていた、女として愛されたい、満たされたいという願望。

そんな燃えかすが半分も年下の少年に火を灯《とも》され、すみれは戸惑いに瞳を揺らす。

「僕、自分だけ気持ちよくなって寝ちゃってたでしょう。コウちゃんが、好きな人といっしょに気持ちよくなるのがセックスだって言ってたんだ。前はよくわからなかったけど……いまなら、わかる気がする。だから、今度はがんばるね」

無邪気にそう宣言し、少年はゆっくりと腰を引いてゆく。

思いとどまってくれたのかと思いきや、ふたたび腰をグンと突き出し、白濁まみれの膣をズブブッと穿《うが》つ。

「アヒイィッ。奥を突かないでぇっ。アンッアンッ……アァ、硬いオチ×チンが、出たり入ったり……」

媚粘膜をこそがれる快美感に思わず甘い声を漏らしてしまうと、健太はなんともうれしそうにニカッと笑う。

そしてぬめり蕩ける快感を味わおうと、若竿を積極的に媚肉へと擦りつける。

「ああ、オマ×コ、ウネウネしててすごく気持ちいい……。すみれさんも気持ちいいの？　チ×チンでいっぱい擦ると、かわいい声がするから」

「ンァァ、か、かわいいだなんて……。大人をからかうんじゃありません、ハヒィッ？　アッアッ、そこばかり激しく擦らないで。痺れてしまうのっ」

たしなめようとするも、鋭敏な部分を亀頭の笠で執拗《しつよう》にこそがれ、情けない声が漏れてしまう。

無垢な少年はその純粋さゆえに、目の前の相手を悦ばせたい一心で反応をよく観察し、性感帯を見つけると的確に攻めたててきた。

とんでもない女殺しの才能を目覚めさせてしまったのではと、すみれはフルフルッと肢体を震わせる。

なんとか逃れようともがくも、平たい石の上に仰向けで組みふせられ、ズブッズブッと若竿で膣を征服されてしまう。

「ふあぁ、すみれさん、たまらなくイイ匂いがする。嗅いでいると、チ×チンが硬くなってしょうがないんだ。身体もやわらかくって、ずっとくっついていたいよ……」

健太は豊乳の狭間にムニュリと顔を埋め、なんともだらしなく表情を崩して、夢中になって腰を上下に振っている。

牡としての片鱗《へんりん》を見せる一方で、やはり心根は幼いままなのだろう。

無邪気に甘える姿を見せつけられると、どうしても強く拒みきれず、求められるがまま身体を許してしまう。

だがそのあいだも、媚肉には快楽が募りつづけていた。

愛されることに飢えていた膣は悩ましく収縮し、はしたなくも若竿にジュポジュポと吸いついてゆく。

「くうぅっ。オマ×コにチ×チン、食べられてるっ。お肉がグネグネしっぱなしで、チ×チン揉みくちゃにされて……気持ちよすぎてヘンになるぅっ」

「アァン、イヤ、そんなこと言わないで。私がそんなにいやらしい身体だったなんて、信じられない……アヒィッ？　ナカでオチ×チン、暴れさせないでぇっ」

異性に抱かれる際は黙って横たわり、ただ身を任せるのが常であったため、自らの肉体が貪欲に若牡を求めている現状がとても信じられなかった。

やがて若竿がひときわ大きくブクッとふくらむ。

射精の予兆を感じたのか、健太は体重をかけてすみれにのしかかり、逃げられぬように膣奥までズブッと深く縫い留める。

「はぐぅっ。お、奥に当たって……」

鋭敏な子宮口を亀頭にコリコリと嬲《なぶ》られ、すみれはくぐもった呻きを漏らし、せつなく身悶える。

「ああ、すみれさん、出ちゃうよ。チ×チンがはじけそうで、たまらないんだ。今度こそいっしょに、気持ちよくなりたかったのに、また僕だけ先に……」

健太が顔をクシャクシャに歪め、申し訳なさそうにすみれを見つめる。

実際には充分にすみれを快楽に酔わせてくれていたが、はじめての性交ということもあり、実感が得られていないのだろう。

このまま射精を迎えてしまえば、また自分ひとりで身勝手に欲望を吐き出してしまったと落ちこむに違いない。

はじめての経験で、心に傷を負わせたくない。

せめて素敵な思い出となってほしいと、すみれは優しく少年の頭を胸に抱き、穏やかに微笑みかける。

「そんな顔をしないで。だいじょうぶよ。私も、その……とても、気持ちがいいから。健太くんの逞しいモノで貫かれると、アァッ……アソコがジンジンと、熱く燃えあがるの……ハアァアンッ」

それは少年を慰めるはずの方便であったはずだ。

だが自ら媚肉の状態を口にしたとたん、その言葉が真実であると示すかのように、カァッと火照り、ジクジクと狂おしく疼きはじめた。

（アァ、イヤッ。アソコが淫らに蠢《うごめ》いて、健太くんにすがりついてしまう……。こんなことは、はじめてだわ……。私、本当に……こんなにも年下の男の子に抱かれて、悦びを得てしまっているの……？）

自らの言葉を引き金に、活性化した己の肉体に、戸惑いの表情を浮かべる。

その一方で、自分だけでなく、相手もともに悦んでくれているとわかった少年は、パッと笑顔を輝かせる。

「ほ、本当？　じゃあ僕、もっとがんばるね。もうすぐ出ちゃいそうだけど、くうぅ……すみれさんが最高に気持ちよくなるまで、ヒクヒクしてるオマ×コをいっぱい擦りまくるねっ」

勇気を得た少年はこみあげる射精衝動を堪え、しゃにむに腰を振って、収縮する膣穴をズブッズブッと懸命にえぐりぬく。

疼きの止まらぬ媚肉を、ゾリッゾリッと執拗にこそがれ、膣奥をズコズコと激しく穿たれて、すみれはおとがいを反らせて悶絶《もんぜつ》し、美脚をピーンと高く跳ねあげる。

「アンアンッ、アヒイィーッ。健太くん、待ってっ。オチ×チン、激しすぎるわ。擦られすぎて、ヤケドしちゃう、ンヒアァッ。そんなに奥をズンズンされたら、アッアッ……こわれてしまうのぉっ」

「うあぁ、すみれさんの声、苦しそうだけど気持ちよさそう……。聞いてるとドキドキして、もっとイジメちゃいたくなるっ」

せつなげな艶声は少年の嗜虐《しぎやく》的な一面を開花させ、逞しい一匹の牡へと成長を促してゆく。

やがて射精衝動が限界を迎えたか、すみれの腰にガッチリと手をまわした健太は、限界まで怒張を突き入れてきた。

子宮口を亀頭でグリグリとこじ開けて、完全に狙いを定める。

「ああっ、出すよ、すみれさんっ。いっしょに溶けちゃうくらい気持ちよくなろう。出るうぅっ！」

そして、大量の白濁が膣の最奥で盛大に噴射する。

「ンアヒイィーッ。熱いわっ、アァ、熱いぃっ！」

子宮に灼熱の種汁をドプドプと注ぎこまれ、快楽の炎でうちから焼きつくされて、すみれはこれまであげたことのない咆哮《ほうこう》を夏空に向けて響かせる。

全身がバラバラになりそうな圧倒的な絶頂感を前にどうしてよいかわからず、長い美脚を少年の腰にからめて、全身でギュッとすがりつく。

その抱擁がますます挿入を深く導いてしまい、ぐっぷりと子宮口にめりこんだ亀頭により、何度も何度もプリプリと、濃厚な若い精を、これでもかと打ちこまれた。

（ンアァッ。なんなの、この感覚は。脳が痺れる……身体が焼きつくされるっ。これが本当の、性の悦び……。私、こんなあどけない男の子に、女として目覚めさせられたというの……）

夫に抱かれたときには、絶頂と呼べるほどの狂おしい感覚を味わったことがなかった。

ゆえに自ら積極的に相手を求めることもなく、結果、つまらない女と見なされて、深いつながりも築けなかった。

自分は女として失格なのだと思っていた。

だがいま、半分も年下の少年に情熱を注がれて、全身は狂おしく燃えさかり、脳も未知の鮮烈な衝撃で埋めつくされている。

出会ったばかりの少年を相手に野外で身体を重ねるという、しとやかに生きてきたすみれにとってはあまりにも特異な状況に、常識が崩れたせいもあるだろうか。

ひとたび悦びを知った肉体は、より貪欲に悦楽を求め出す。

白濁でぬめる媚肉は淫らに蠕動《ぜんどう》し、射精中の若竿にキュポキュポとむしゃぶりついてさらなる放出を促してゆく。

「うあぁっ。オマ×コ、すごいよぉっ。いっぱい出てるのに、うう、チ×チン吸われてるっ。痺れっぱなしでこわれちゃうよぉっ」

「ハアァンッ。いやらしいオマ×コでごめんなさい。けど、自分でも止められないのよ。あなたのオチ×チンを、ドロドロのお汁を身体が求めてしまっているのっ。アァ、これが本当のセックスなのね。気持ちいい……気持ちいいわ、健太くんっ」

羞恥を呑みこみ、快楽を得ていると認めて口にしてみると、頭がカァッと火照り、全身がゾクゾクと震えた。

女の悦びに目覚めた肉体はより敏感さを増し、膣壁にベシャッベシャッと白濁を浴びせられるたび、火花が散るごとく快感がはじけて、悦楽の虜《とりこ》となってゆく。

年上の女がまっすぐに悦びを示してくれた事実は、少年に男として大きな自信をつけさせたようだ。

膣内射精がもたらす圧倒的な絶頂感に呑まれて喘ぎながらも、残る力を振りしぼり、すみれの子宮へ懸命に精を注ぎつくして己の存在を刻みこむ。

「ああ、すみれさんも気持ちよくなってくれてるんだ……。うれしいよ、もっともっと気持ちよくなってて。うう、でも、僕もうダメかも。ぜんぶ出ちゃうよっ、出るううっ！」

まだまだ性交を続けたかったようだが、さすがに限界が訪れたらしい。

悔しそうに呻くと、ビュルビュルッと最後のひと飛沫《しぶき》を噴きあげ、そのまま乳房に顔を埋もれさせて意識を失った。

「ンハアァンッ。アァ、なんて長い射精なの……若さってすごいわ。たくさんのお汁で、お腹《なか》のなかがいっぱいよ」

子宮を埋めつくすドロリと重い粘液の感触にうっとりと呆けつつ、すみれは満たされた表情で自らの腹をさする。

「かわいらしい寝顔。そんなにも気持ちがよかったのかしら……」

指先で頬をふにふにとつつくと、少年は瞳を閉じたまま、だらしない笑みを浮かべた。

「アァ、はしたない姿をたくさん見せてしまったわ。呆れられていないといいけれど……。年上の女をこんなにも狂わせて、困った子ね」

お仕置きとばかりに、ムニッと頬を軽く摘まんでやる。

微かに呻く少年を見て、すみれはクスリと微笑み、おでこにそっと唇を重ねたのだった……。

3

「健太くん、起きて……」

鈴を転がすような声とともに、体が軽く揺さぶられる。

深い眠りに落ちていた健太は、ゆっくりと目を開く。

すると眼前には、穏やかな微笑みを浮かべる淑女の美しい面差しがあった。

「んん……。誰……？」

寝ぼけ眼を擦りつつ、しばしぼんやりと美女の顔を見つめる。

やがてようやく、このあたりでは見かけない上品な年上の女性と出会ったこと、そして彼女と急速に接近し、めくるめく体験を迎えたことを思い出す。

「すみれさん……じゃあ、さっきまでのことは夢じゃなくて……あうぅ」

刺激的な光景が急激に脳裏へ思い起こされ、健太はあどけない顔を真っ赤にしてもじつく。

そんな健太の頭を、眠っているあいだに着がえたのだろうか、純白のワンピースに身を包んだ淑女が優しく撫でる。

たおやかな手は、おろしたてと思しき真新しい光沢を放つ白い手袋に包まれていた。

すべらかな感触に、動揺が溶けて消えてゆく。

「日が落ちてきたわ。もう充分に休んだし、そろそろ帰りましょうか」

平たい石の上に寝そべる健太の脇へしどけなく座ったすみれが、眩しそうに見あげる。

木々の隙間から射しこむ木漏れ日は、いつの間にかオレンジ色に変わっていた。

「う、うん。そうだね。行こっか……」

体を起こすと、健太もここへ来たときと同様のTシャツと半ズボン姿だった。

すみれが着せてくれたのだろうか。

それとも、裸になって抱き合ったあの光景は、ただの夢だったのかもしれない。

あれは本当にあった出来事だったのか、すみれにそう尋ねてみたかったが、もし否定されて怪訝《けげん》な顔をされてしまったらと思うと言葉が出てこない。

先に立ちあがった淑女が差し伸べた手をキュッと握り返すと、彼女の手を包みこむ上質な絹の感触をこっそりと撫でて楽しみつつ、川辺をあとにしたのだった。

森を抜けると、空高く輝いていた太陽もすっかり傾き、刺すような陽射しもやわらかく落ちついていた。

心地よい涼風がサワサワと肌を撫でてゆくなか、道路脇に停めておいた自転車まで戻る。

「すみれさんが泊っている別荘があるのって、あっちの丘のほうでしょう。送るから、うしろに乗ってよ」

「そんな、悪いわ。ここまで来れば、歩いて帰れるから……」

遠慮する奥ゆかしい淑女の手を取り、ギュッと握りしめる。

「僕が送っていきたいんだ。ここで別れても、無事に帰れたか心配で仕方がないし。もうちょっとすみれさんと、いっしょにいたいから……」

ポロリと本音が漏れると、すみれは優しく微笑んだ。

「……なら、お願いしようかしら。うふふ、自転車のふたり乗りなんて、はじめてだわ」

少年の意をくんだ淑女が、うしろの座席に腰かける。

「しっかりつかまっていてね。それじゃ、行くよっ」

両腕がしっかりと腰にまわされたのを確認すると、健太は気合を入れて、ペダルを漕いでゆく。

淑女の体重は想像よりもずっと軽かったようで、自転車は風を切って軽快に走り出した。

「アァ、風が心地よいわ……。ここは本当に素敵な土地ね。あなたのような、優しい男の子も住んでいて……。出会えて本当によかったわ」

淑女は感慨深げにポツリと呟き、頼もしそうに少年の背中へピトリと身を寄せる。

（ううっ。オッパイが、背中に当たってる。なんてやわらかいんだ……。やっぱりこの感触、覚えがあるや。小川でのことは、夢じゃなかったんだ……）

一方、健太は全神経を背中に集中させ、密着する女体のやわらかさや首すじをくすぐる吐息の熱を密《ひそ》かに堪能《たんのう》する。

いつまでもこのときが続けばよいと願いながら、夕暮れの田舎道をのんびりと駆けぬけるのだった。


しかし夢の時間は、十五分もすれば終わりを告げた。

高台にある別荘地の坂下までたどり着いたころには、いつしか互いに言葉少なになっていた。

自転車から降り、押しながら坂道を並んでゆっくりと歩く。

やがてたどり着いた巨大な透かし門の奥には、立派な西洋風の豪邸がそびえ立っていた。

(わあ……すごいお屋敷だ。やっぱりすみれさんはお金持ちのお嬢様なんだな。そういえば、いくつくらいなんだろう。自分のことをおばさんだなんて言っていたけど、たぶん二十五歳を少し超えたくらいだよね。お姉さんって呼んだほうが合うのにな)

奥ゆかしさから来る言葉だとばかり思っていた少年は、淑女の年齢をかなり低く見積もっていることにまるで気づきもしていなかった。

眩しそうにこっそりと横顔を見つめていると、すみれがワンピースのスカートを摘まみ、なんとも品のある会釈をした。

「送ってくれてありがとう、健太くん。あなたには助けられてばかりね。いくら感謝してもしたりないわ」

淑女は恭しく健太の右手を取り、白手袋に包まれた手のひらでサワサワと撫でる。蕩けるような感触にぼうっとのぼせながら、健太はブンブンと頭を振る。

「そんな、大げさだよ。僕のほうこそ、その……すみれさんみたいなきれいな人と夢みたいな時間を過ごせて、幸せっていうか……うう」

不意に淑女の上気した柔肌が脳裏へ鮮明に浮かびあがり、思わず言葉に詰まる。

健太の呟きを耳にしたすみれも、清楚な美貌をカァッと赤く染め、ツイと視線を逸らす。

しばし、ふたりのあいだを沈黙が流れる。

淑女の反応から、あの鮮烈な初体験はやはり現実にあった出来事だったのだと確信を得て、健太は胸がたまらなく熱くなる。

「そ、それじゃ、今日は本当にありがとう。おやすみなさい……」

気恥ずかしさを堪えきれなくなったか、すみれが別れの挨拶を述べ、そそくさと屋敷の門をくぐろうとする。

このまま行かせてしまっては、二度と会うことはないかもしれない……。

「ま、待って、すみれさん！」

焦燥に駆られた健太は思わず右手を伸ばし、すみれの手首をギュッと握りしめた。

「きゃっ。健太くん、どうしたの……？」

驚いて見つめ返すすみれを前に、なんとかもう一度会うための口実を作らねばと、必死で脳をフル回転させる。

「ええと、その……そうだ、手袋！　すみれさん、小川で濡れた服を乾かしてから着がえたときに、手袋だけは新しいのに交換してたよね？」

「えっ？　ええ、そうね。よく気づいたわね」

勢いこんで詰めよる少年に気圧《けお》されつつ、淑女がコクリと頷く。

「わかるよ。まるで湿っていなくて、新品みたいにスベスベでサラサラだったもん。それで、あの……汚れたほうの手袋は、バッグにしまってあるんでしょう。僕、洗ってから返しに来るよ。だから、貸して」

健太の言葉に、すみれはきょとんとした表情を浮かべる。

「そんな、いいわよ。気にしないで。替えならいくつもあるし……」

遠慮する淑女の手を、健太はギュウッと強く握り返す。

「ダメだよっ。僕がすみれさんの大切な手袋を、ドロドロに汚しちゃったんだし……。ちゃんときれいにして返したいんだ。ねっ？」

自分でも、ずいぶんと苦しい言い分だというのはわかっている。

それでも、なんとかもう一度すみれと会うきっかけがほしかった。

頷いてくれるまでは放さないとばかりに、強く手を握りしめたまま真剣な顔で見つめつづける。

やがて根負けした淑女は、ふうっと溜息をついた。

「……わかったわ。それじゃ、きれいにお洗濯したら、返しに来てくれるかしら。私はしばらくこの屋敷に滞在しているから」

すみれはショルダーバッグからベットリと残滓が染みこんだ白い手袋を取り出し、気恥ずかしそうに手渡した。

健太はパァッと満面の笑顔を浮かべ、年も家柄も大きく違う美女との唯一の架け橋である汚れた布地を受け取り、大切にリュックへとしまいこむ。

「うんっ。必ず返しに来るからね。それじゃ、また」

健太はウキウキとした心地で自転車に跨《また》がり、すみれに向かってブンブンと大きく手を振る。

そのまま力強くペダルを漕ぎ、勢いよく坂道を下っていった。

「うふふ。ええ、さようなら」

淑女はコロコロと小さく微笑み、小さくなってゆく少年の背中を眩しそうに見送ったのだった……。

第三章　お屋敷のお風呂で

1

七月十八日。

時刻は深夜零時をまわったばかりである。

自室にて床についた健太だが、その夜は目を閉じてもなかなか眠気が訪れなかった。

閉じた瞼に浮かぶのは、淑女の上品な微笑み。純白のワンピースと白手袋を身に着けた清楚な立ち姿と、その下に隠れた悩ましい肉体。

気づけば股間は大きくふくらみ、体が火照って仕方がなかった。

「うう……眠れないや。どうしたらいいんだろう」

こんな深夜では、初恋の人に会いに行くこともできない。

少しでも落ちつけばと股間を撫でてみるが、すみれに撫でられたときの感触とは遠く及ばず、かえってもどかしさが募るばかりである。

「……そうだ！」

名案を思いついた健太は、半身を起こすとリュックをたぐりよせ、預かったすみれの白手袋を取り出す。

右手用の手袋は残滓が渇いてカピカピに固まっていたが、左手は軽く水に濡れただけで、いまは完全に乾いていたため、清潔さを保っていた。

生唾を飲みこむと、すみれのたおやかな左手を包みこんでいた布地を鼻に当て、深く深呼吸する。

「ああ……すみれさんの匂いだ……」

仄《ほの》かに染みついていた淑女の甘くかぐわしい体臭に、健太はたまらない興奮を覚える。

「うう……きれいに洗って返すって、約束したのに……」

いけないとは思いつつも、心臓が早鐘を打ち、股間が熱く反り返って抑えが利かない。

すみれの残り香を嗅ぎながら、もう片方の手袋を若竿に巻きつけ、とうとう激しくしごきたてはじめた。

「うあぁっ。チ×チン、気持ちいい。すみれさんのスベスベの手でまた、たくさん撫でてほしいよ……」

目を閉じて憧れの女性を頭に思い浮かべ、一心不乱に陰茎をしごく。

尿道口からはダラダラとカウパーが溢れ出し、乾いていた手袋をジュクジュクと卑猥に汚してゆく。

しかし一度女体の魅力を知った少年にとって、もはや想像だけで劣情を抑えこむことはできなかった。

ふたたびムクリと起きあがると勉強机の抽斗《ひきだし》を開け、隠しておいた雑誌を取り出す。

それは親友の浩二から強引に押しつけられたものの、気恥ずかしくて直視できずに長らくしまったままになっていた、卑猥な雑誌であった。

手袋を巻きつけた若竿をしごきながら左手でページを捲《めく》ってゆく。

「わあ……女の人の裸がいっぱいだ。でも……」

誌面には二十歳前後と思しき女性たちの過激な姿がいくつも載っていた。

興奮にクラクラと脳が揺れる一方で、しかし少年はどこか物足りなさも覚えてしまう。

たしかに誌面を飾るだけあり、モデルたちは皆一様に美しく、悩ましい身体つきをしている。

だが何枚ページを捲っても、すみれほどの美貌や気品を身に纏い、かつムッチリと肉感的な肢体を誇る美女は存在しなかった。

もし健太が別の形で性に目覚めていれば、同世代の裸体で満足できていたかもしれない。

しかし昼間あれだけ鮮烈な出会いを経てめくるめく体験を味わっただけに、もはや少年の性的嗜好は多少の刺激では満たされぬほどに大きく歪んでいた。

もどかしさを覚えたまま勃起をいじりつつ雑誌を眺めていると、ロンググローブとガーターストッキングという煽情《せんじょう》的な下着を身に纏った美女の姿が目に入った。

「この女の人も、手袋をしてる……。でも、すみれさんの上品な雰囲気とはぜんぜん違うや。手や足は布で隠しているのに、オッパイやオマ×コはまる出しで……なんだかすごくドキドキする。すみれさんが着たら、どんな感じだろう」

モデル本人よりも、彼女が着ているセクシーランジェリーをすみれが身に着けた姿を想像して、息が荒くなる。

次のページでは、より衝撃的な光景が目に飛びこんできた。

美女が男の股間に顔を埋め、うまそうに肉塊を咥えこんでいたのだ。

「ああっ、この女の人、チ×チンを咥えてる。フェラチオっていうんだ……。すごくうっとりした顔をしてる。すみれさんも僕のチ×チンを食べたら、こんな顔をしてくれるのかな……」

卑猥な行為をくりひろげるモデルに初恋の女性を重ね合わせただけで、狂おしいほどの興奮が胸にこみあげる。

若竿には大量の血流が流れこみ、痛いほどパンパンに張りつめた。

生唾を飲みこむと、脳裏にすみれの淫らな姿を思い描いては夢中になってページを捲ってゆく。

「わわ、すごい……。大人のおっきなチ×チンが、うしろから女の人に……。僕ももう一度、セックスしたい……。すみれさんのやわらかな身体をギュッて抱きしめて、グチュグチュのオマ×コのなかに思いっきり……うあぁっ」

気づいたときには、健太は雑誌のなかで身悶える女性へ盛大に精液をぶちまけていた。射精の快感に酔いしれながら、淫蕩《いんとう》な表情を浮かべた写真のなかの美女が白く汚れてゆく様を、想い人に重ね合わせて呆然と見つめる。

――アァン……。すごく濃くてドロドロね、健太くんのお汁。素敵よ……。今度は私のオマ×コのなかにも、たくさん注いでちょうだい……うふふ。

妖艶な微笑を浮かべて誘う淑女の姿を思い浮かべ、放出を迎えたばかりで痺れの残る若竿をふたたび激しくしごき出す。

性に目覚めた少年は、劣情が尽きて眠気が訪れるまで、初恋の女性の痴態を夢想しひたすら己を慰めるのだった……。

2

明け方まで自慰を続けてすべてを吐き出しつくしたせいか、健太は昼まで眠りこけてしまった。

母の小言を聞き流しつつ昼食を済ますと、はやる気持ちを抑えて家を飛び出す。

自転車に跨り、田舎道を走りぬけて、高級住宅が点在する小高い丘を目指す。

やがて坂を上って昨日も訪れた豪邸の門前までやってきたが、いざ呼び鈴を鳴らす段になり、人さし指がピタリと止まる。

「ど、どうしよう……。なんて言ってすみれさんを呼び出せばいいんだろう」

そもそも、手袋をきれいにして返すという名目で次に会う約束を取りつけたのだ。

だが実際には汚れを落としたどころか、陰茎に巻きつけてひと晩中自慰をくり返してしまった。

ますます大量の残滓が染みこんで汚臭を放つ染みだらけの手袋は、とても手渡せる状態ではなくなっていた。

すみれへ会いたい一心で、勢いこんで自転車を走らせてきたものの、具体的な案をまるで考えていなかった。

どうしたものかと思い悩み、しばし門の前で行ったり来たりをくり返す。

すると不意に、門の内側から声をかけられた。

「そこの少年、なにかご用ですかな」

「へっ？」

気づけば透かし門の向こうから、カッチリとした黒いタキシードに身を包んだ老紳士が訝《いぶか》しげな表情でこちらを見つめていた。

オールバックにまとめたロマンスグレーの頭髪に、口髭《くちひげ》をたくわえた、いかめしい顔つきである。

ドラマや漫画でしかお目にかかったことのない男性執事の登場に、健太は激しく動揺する。

「あ、いや、その……なんでもないです。さよならっ」

結局、動転した頭ではうまい言い訳も浮かばず、慌てて自転車に跨ると、その場を逃げ出してしまった。

(ううっ。なにをやってるんだろう、僕……。ああ、でも、あんな執事さんが屋敷にいるくらいなんだもの。すみれさんって本当に、お嬢様なんだな……)

己の情けなさにうなだれつつも、憧れの人が真の高貴な令嬢だとわかり、どこか胸が弾む少年であった。


一方、少年が去ったあとの篠宮家別邸の門前では。

「進藤《しんどう》、どうかしたの。お客様かしら」

じょうろを手に中庭の花壇に水をやっていたワンピース姿のすみれが、門の向こうを見やり、首をひねる老執事へと声をかけた。

「おお、お嬢様、いえ、近所の子供が門のなかをのぞいておりましてな。声をかけると、逃げていってしまいました」

「あら、そうなの。進藤ったら、また怖い顔をしていたのでしょう。うふふ」

コロコロと笑うすみれに、進藤と呼ばれた老執事はいかめしい表情のまま答える。

「この顔は生まれつきでございます。それに、こうして睨《にら》みを利かせていたほうが、お嬢様に悪い虫が寄りつかず、安心できますゆえ」

「まあ。いったい私をいくつだと思っているの。もう子供ではないのよ。それに……いまの私に、そこまで大切に守られる価値など、もうないもの……」

自嘲ぎみに呟き、視線を落とすと、鉄面皮の老執事もわずかに表情を曇らせた。

「それにしても、今日はずいぶんと調子がよろしいようですな。こちらへ療養に来たかいがありましたか。昨日はお散歩にお出かけになってからなかなかお戻りにならず、心配いたしましたが」

さりげなく話題を変えた執事に、すみれも笑顔で答える。

「ええ。ここはよいところね。素敵な出会いもあったし……。そうだわ。もし私を訪ねてきた男の子がいたら、必ず取り次いでちょうだいね、大切なお客様ですから」

「はい。かしこまりました」

静養が目的とはいえ、話し相手は老執事しかおらず、少々退屈を持てあましているのも事実である。

すみれは昨日出会った少年の来訪を心待ちにしていた。

まさか待ち人がうしろめたさに駆られて門前で引き返していたとは、想像もしていない。

ベランダに置かれた籐で編んだチェアにゆったりと腰かけると、恋人に思いをはせる少女のような心持ちで、日が暮れるまで客人を待ちつづけたのだった。

翌日も、翌々日も、健太はすみれの住まう屋敷の前まで訪ねては呼び出せぬまま帰宅するという無為な時間を過ごしていた。

運よく庭に居合わせてくれれば声をかけられるのにと思い、ウロチョロとしてみるも、都合のよい偶然は訪れない。

やがていかめしい顔をした老執事が淑女を守るかのごとく門前まで見まわりに訪れると、慌ててその場から逃げ出してしまう。

失意のまま家に帰れば、会えない寂しさをぶつけるように、もはや温もりも消え去った、すみれの汚れた手袋を若竿に巻きつけて自慰をくり返す始末である。

募る劣情を盛大に吐き出すと、ようやく冷静さを取り戻した。

明日こそ勇気を出そうと心に誓い、布団を頭からかぶって一日が過ぎるのをひたすらに待つ。

そうしてまごついているうちに、はじめてすみれと出会った日から四日が経過していた。

3

七月二十一日。

曇り空の下、今度こそと覚悟を決めて自転車を飛ばした健太が目にしたのは、ひっそりと静まり返る無人の屋敷だった。

「そんな……。すみれさん、もう都会に戻っちゃったんじゃ……」

焦燥に駆られ、あれほど押すのを躊躇《ちゅうちょ》していた呼び鈴を何度も連打する。

しかし、なんの反応も返ってこない。

このときほど、携帯電話を所持していないのを悔やんだことはなかった。

諦めきれずに門前でしゃがみこみ、しばしその場で待ってみるも、人が訪れる気配はない。

ここ数日は快晴つづきだったというのに、今日に限って曇り空がどんどんひろがってゆき、やがてポツポツと雨まで降り出した。

「うう……。なにやってるんだろう、僕……」

一時間ほどへたりこんでいただろうか。

やがて健太は重い腰を上げ、うしろ髪を引かれながらも自転車を押して、とぼとぼと屋敷の前をあとにした。


あたりはすっかり土砂降りだった。

雨雲に覆われて薄暗くなった、すれ違う者のおらぬ田舎道を、少年はうつむいたまま ひたすら自転車を漕いでいた。

後悔でクシャクシャにしたあどけない顔を濡らすのは、降りそそぐ冷たい雨か、それとも別の滴か。

「なんでもっと早く勇気を出せなかったんだろう……。僕のバカ」

いまさら己の意気地のなさを悔いてもどうにもならぬが、それでも健太は自分を責めずにはいられなかった。

そうしてろくに前も見ずに道のまんなかをフラフラと走りつづけ、注意力が散漫になっていたのだろう。

とつぜん、クラクションの音が周囲に響き、健太はハッと顔を上げる。

慌てて端に寄るも、向かってくる黒塗りの高級そうなリムジンの車幅は想像以上に大きい。

ぶつかることはなかったものの、横を通りすぎた際に圧迫感に負け、健太はそのまま田んぼの側へと倒れてしまった。

「あいたた……。うう、もう、最悪だよ……」

怪我《けが》こそなかったものの、水たまりの上に落ちてますますずぶ濡れになってしまった。泣きっ面に蜂の状況に、健太は膝を抱えたまま動けなくなってしまう。

顔も上げずにグスグスと啜りあげていると、数十メートル先でリムジンが停車する。

後部座席の扉が開き、白い傘を差して女性が降りてきた。

「もし、お怪我はありませんか。……あら？　あなたは……」

聞き覚えのある、鈴を転がすような声がする。

目の前に差し出されたのは、すべらかで光沢のある上質な白い絹手袋に包まれたたおやかな手であった。

「あ……。すみれ、さん……」

もう二度と会えぬではないかと思っていた相手がとつじょ目の前に現れ、少年の顔は驚きと喜びでますますグシャグシャに歪む。

いつの間にか夕立は通りすぎ、どんよりとした曇り空の隙間からは、何本か淡い光のすじが射していた。

「ああ、こんなにびしょ濡れになって……。だいじょうぶ？　風邪を引いていないかしら？」

リムジンの後部座席に乗せられた健太は、隣に腰かけたすみれにより、かいがいしく世話を焼かれていた。

大きめのタオルをスッポリと頭からかけられ、濡れた髪をわしわしと拭かれていると、ペットの大型犬にでもなったようで、くすぐったさに身をよじる。

「平気だよ。このくらい、川遊びで慣れているし。……ハクションッ。うう」

強がっては見せたものの、身体は底冷えしていたのか、大きなくしゃみが漏れた。

「そんなことを言って、震えているじゃないの……。進藤、屋敷に戻ったらすぐに、お風呂を沸かしてくれるかしら」

こみあげる寒気に体を震わせる少年にピトリと寄りそい、心配そうに頭を撫でつつ、すみれは運転席の老執事へ告げる。

「はい。かしこまりました、お嬢様。……おや？　君は……」

主《あるじ》の指示へ従順に頷いた老執事は、バックミラー越しに健太の姿を捉えると、わずかに驚いた表情になる。

「あら。どうしたの、進藤」

「いえ。その少年はここ数日、何度も屋敷の前でお見かけしていましてな。気づいたときには立ち去ってしまうもので、声をかけられずじまいでしたが、なるほど、お嬢様のお知り合いでしたか」

値踏みするように目を細める執事に、健太は居心地の悪さを感じて体を縮こまらせる。

「ええ。とても大切なお客様よ。健太くんたら、近くまで来ていたのなら、訪ねてくれればよかったのに……」

白手袋をはめた手がそっと健太の手に重ねられ、スリスリと甲を撫でてくる。

数日ぶりに味わったすべらかな感触に、健太は寒気とは違う心地よさでプルプルッと体を震わせた。

「そ、そうだね」

健太は執事の目を気にして、曖昧にごまかす。

寂しさを埋めるような手の動きから、すみれもまた健太に会いたがっていたのだと伝わり、冷えきっていた胸がホワッと温まるのであった。

数日かかって、健太はようやくあの大きな透かし門をくぐることができた。すみれに手を引かれて屋敷へと足を踏み入れると、アンティーク家具で彩られた広いリビングへと通された。

待っているように告げられ、しばしふかふかな数人がけのソファにひとりでちょこんと腰かけていた。

するとしばらくして、高級そうなティーセットが並んだティートローリーをすみれ自らが押してリビングへと現れた。

淑女は手ずからティーカップに湯気を立てた紅茶を注ぎ、テーブルへと並べる。

「さあ、どうぞ。お風呂はいま、お湯をためているから、もう少し待っていてね」

「あ、ありがとう……。うわぁ、すごくいい香り……」

紅茶などほとんど飲んだことはないため、味はわからなかったが、ふわりと漂うハーブティーの香りが心を癒してくれることは理解できた。

いかにも高級そうなカップを恐るおそる口へ運び、琥珀色《こはくいろ》の液体をゆっくりと喉へ流しこむ。

冷えた体が芯から温まり、健太はようやく落ちついた心地がして、ほうっと深い息を吐いた。

するると隣に腰を下ろし、穏やかな微笑みを浮かべていたすみれが、カップを持つ手にそっと手のひらを重ねてきた。

「……それで？　どうして健太くんは、何日も訪ねてくれなかったのかしら。あなたが来てくれるのを、とても楽しみに待っていたのよ」

すみれは拗《す》ねた表情で、ぷうっと頬をふくらませる。

その愛らしさは年上とは思えぬほどで、少年の胸は早鐘を打った。

「ええと。それは、その……」

「隠してもダメよ。正直に話してくれないと、許さないんだから」

なんだか妙にテンションの高い淑女に、押しきられてゆく。

上質の布地に包まれた細く長い指にキュッと指をからめとられ、じっと目をのぞきこまれる。

きらめく黒い瞳に吸いこまれそうになり、隠しごとなどできなくなる。

「あうぅ。正直に言うから、そんなに見ないでよ。その、怒らないでね……」

とうとう根負けした健太は、ティーカップをテーブルに置くと、自分のリュックに手を伸ばす。

中身をごそごそとまさぐり、密閉用のファスナーがついた半透明の袋を取り出した。

「あら。約束どおり、手袋を返しに来てくれたのね。でも、お洗濯してあるわりには、なんだか湿っているような……」

受け取った袋のなかには、あの日別れぎわに手渡したときよりも大きな染みがベットリとひろがった手袋が、クシャクシャとまるまって入っていた。

なんの気なしに袋の口を開けたすみれだが、その瞬間にムワリと目に染みるほどの濃密な臭気がひろがり、思わず手で鼻を覆う。

「んふあぁっ。な、なんてニオイなの。このニオイは、まさか……」

戸惑いの声を漏らすすみれに、健太はいたたまれない気持ちでいっぱいになる。

「ご……ごめんなさいっ。きれいにして返すって約束したのに……。僕、すみれさんの大切な手袋を、もっとひどく汚しちゃったんだ。それも毎晩、何度も……。だからお屋敷の前まで来ても、どんな顔をして会えばいいのかわからなくて……」

健太はギュッと拳を握りしめ、顔を俯かせて苦しげに罪を打ちあける。

すみれは呆気にとられたように、小刻みに肩を震わせて懺悔《ざんげ》する少年を無言で見つめている。

重苦しい沈黙が、しばし室内に満ちる。

そのとき静寂を破り、扉の向こうからノックの音が響いた。

「お嬢様、入浴の支度が整いました」

老執事の声に健太はビクンッと肩をすくめ、ますます小柄な体を縮こまらせる。

――この不埒《ふらち》者を、いますぐ屋敷からたたき出しなさい！

激昂した淑女がそう命じるのではないかと、ビクビクと震えあがる。

泣きそうな顔で沙汰を待つ少年を、すみれは溜息をついて見やり、ソファから立ちあがる。

「まずはお風呂で温まりなさいな。風邪を引いてはいけないわ。お話は、それからにしましょう。ついていらっしゃい」

歩き出す淑女がどんな表情をしているのか背後からでは確認できず、健太は処刑場に向かうような思いで恐るおそる彼女のあとをついていった。

浴室まで案内すると、すみれはスタスタとその場を立ち去ってしまった。

健太はすっかりしょぼくれた顔をしながら濡れた衣服を脱ぎ、全裸になると、大理石調の浴室へ足を踏み入れる。

軽くかけ湯をしてから、手足を伸ばして入れるサイズの大きな浴槽に冷えた体をザブンと沈める。

膝を抱え、縮こまって湯に浸かり、水面に顔をつけたままブクブクと、泡とともに後悔の念を吐き出してゆく。

「うう……どうして馬鹿正直に、あんなこと言っちゃったんだろう。黙っていればよかったのに。でも……すみれさんにジッと見つめられていたら、隠しごとなんてできなくて……。だけどそのせいで呆れられて、嫌われちゃった……うあぁっ」

どうしてよいかわからず、濡れた髪をグシャグシャとかき毟《むし》り、湯に向かって叫ぶ。

このまま湯と一体化して、溶けて消えてしまいたい。

自責の念に押しつぶされてもがいていると、コンコンと浴室の扉がノックされた。

「健太くん、入るわね」

「えっ。す、すみれさん？」

驚いて顔を上げれば、白く透きとおる裸体にバスタオル一枚のみを巻いたすみれが、ほんのりと頬を染めて浴室へと足を踏み入れてきた。

その両手は、入浴するにはおよそ不釣合な、フリルをあしらった手首丈の白い手袋で華麗に彩られていた。

「わわっ。入ってきちゃダメだよ」

まさかいっしょに入浴することになるとは想像もしておらず、健太は鼻下まで湯船に浸かって湯のなかへと隠れる。

すみれは浴槽のそばへとやってくると、身をかがめ、健太の耳に手を当てて小声で囁く。

「なにを隠れているの。お立ちなさい」

「そ、そんな。いまは無理だよ……うう」

バスタオルからのぞく淑女の深い胸の谷間をチラチラと盗み見つつ、健太はますます体をまるめる。

少年にはすぐに立ちあがれない理由があったが、すみれはどこか淫靡な微笑を浮かべ、見逃してはくれない。

「約束を破って大切な手袋をあんなに汚してしまったくせに、お姉さんの言うことが聞けないのかしら。ほら、立って。素直じゃない子は……嫌いになってしまうかも」

生暖かい吐息が吹きかけられる。

ゾクゾクする声音《こわね》は、清楚なすみれのものとは思えない。

これも罰なのかと、健太は抵抗を諦め、おずおずと湯船から立ちあがる。

両手で股間を隠し、真っ赤になって俯く少年を、しゃがみこんだすみれは、ニマニマと少し意地悪な笑みを浮かべて見あげる。

「手もどけてちょうだい。隠さずに、ぜんぶ見せて……」

「あうぅ……は、はい……」

結局抗いつづけることはできず、健太は両手をうしろにまわす。

露になった若竿は、垂直にいきり立って、ビクビクと打ち震えていた。

「ハァン……。またこんなに大きくして。本当に、いけない男の子ね……」

見つめるすみれの瞳が、しっとりと悩ましく濡れている。

吐息に亀頭をくすぐられ、健太はもどかしそうに腰を震わせた。

「うう。そんなに見ないでよ。すみれさんのことを考えると、勝手に大きくなっちゃうんだ。特に、スベスベの手袋で体を触られたら、触られてもいないチ×チンまでどうしようもないくらい苦しくなって……。僕、おかしくなっちゃったのかな」

無意識に植えつけられていたフェティッシュな性的嗜好について、自分ではどう解消してよいかわからず、素直に打ちあける。

すみれは人さし指をピンと立て、若竿を根元から先端へ、指先でツツーとなぞりあげた。

「うはぁっ。それ、すごいよぉっ」

「アンッ。軽く触れただけで、ビクンッて跳ねて……。前よりも敏感になっているみたい」

陰茎から指を離すとゆっくりと立ちあがり、健太と正面から向かい合う。

纏っていたバスタオルをはだけて、浴室の熱気で朱に色づいた豊乳をプルンとさらした。

生唾を飲みこむ少年の頭を左手でそっと抱きよせ、乳房に顔を埋めさせる。

やわらかな手袋に包まれた手のひらが、サワッ、サワッと肉幹を丁寧に撫で、擦り出した。

「くうぅっ。気持ちいいよぉ。ど、どうしてチ×チン、撫でてくれるの。怒ってないの？」

こみあげる快感に力が抜けそうになり、たまらず華奢な肢体にしがみついて尋ねる。

淑女は少年の過敏な反応を目を細めて見つめ、あやすような手つきで若竿に快楽をじっくりと送りこんでくる。

「私を想うと、勝手に大きくなってしまうのでしょう。なら、叱っても仕方がないもの……。持ち帰った手袋をさらに汚してしまったのにも、理由があるのよね。話の途中だったけれど……どんなふうに汚したのか、教えてくれるかしら」

先端からダラダラと溢れ出したカウパーを手のひらに塗りたくり、グチュグチュと卑猥に布地を湿らせる。

さらにそのぬめった手のひらで、肉幹全体に粘液を塗りひろげてゆく。

ひと撫でごとにたまらない快感を送りとどけてくれる淑女に、もはや少年はなすがままとなり、羞恥を押し殺して秘密を訥々《とつとつ》と打ちあける。

「うあぁ……う、うん……。あの晩、眠ろうとしたら、すみれさんの顔が頭に浮かんできて、会いたくてたまらなくなっちゃって、どうしても眠れなくて……すみれさんのイイ匂いを嗅いだら眠れるかなと思って、手袋をこっそり……」

自分でも変態じみた行為だとはわかっている。

幻滅され、きつく咎められるかと思ったが、すみれは慈愛に満ちた瞳で少年を見守っているだけである。

「いけない子……手袋に染みついた私の匂いを、アロマがわりに嗅いでいただなんて。それで、よく眠れたかしら？」

罪悪感に震える若竿をスリスリと撫でて、話の先を促す。

「ううん。すみれさんの匂いでいっぱいになると、かえってチ×チンがどうしようもなくふくらんじゃって……手で白いドロドロを出してもらったのを思い出して、もう片方の手袋を巻きつけていっぱい擦ったんだ。それが、たまらなく気持ちよくて……ううっ」

気づけば、健太は懺悔の最中だというのに、小さく腰を振って、淑女の手のひらに自分から亀頭をズリズリと擦りつけていた。

すみれは性欲を持てあます少年を憐れみの視線で見つめ、右手は欲望の対象として自由にさせたまま、左手で優しく頭を撫でてくれる。

「そうして毎晩、私の手袋をたくさん汚してしまったせいで、会いに来られなくなってしまったのね」

「うん……。毎日、門の前までは来てたんだけど、どうしても呼び出せなくて……。でも会えないのがさみしくて、ますますチ×チンを擦って。何度も白いので汚してたら、洗っても取れないくらいにニオイが染みこんじゃったんだ……。うう、ごめんなさいっ」

信頼を裏切ってしまい、健太は申し訳なさで顔をクシャクシャに歪める。

ことの顛末《てんまつ》を理解したすみれは、ふうと溜息をつくと、いまにも泣きそうな顔をムギュッと豊乳の谷間に埋めさせた。

「まったくもう……。あなたみたいな困った男の子は、はじめてよ。どうして私なんかにそこまで……」

己を卑下する淑女に、健太ははちきれそうにふくらんだ若竿を手のひらへ懸命に擦りつけつつ、胸に湧きあがる想いをぶつける。

「そんなの、すみれさんが魅力的すぎるからに決まってるよ。きれいで、優しくて、イイ匂いがして……。出会ってから、すみれさんで頭がいっぱいなんだ。僕だって、どうしたらいいかわからないよっ」

人生経験の浅い少年は、初恋の情熱と目覚めたばかりの肉欲が混ざり合い、自分でも制御が利かなくなっていた。

あまりにもまっすぐに好意を伝えられ、すみれははにかんだ微笑みを浮かべる。

「仕方のない子ね……。いいわ。許してあげる。その代わり、ひとりで悩むのはもうやめること。オチ×チンがつらかったら、お姉さんに頼りなさい。さあ、ここに腰かけて」

促され、健太は浴槽の縁に腰を下ろす。

淑女は少年の開いた股のあいだへしゃがみこむと、濡れた手袋をはめたままボディソープを手に取り、グチュグチュと泡だてた。

泡まみれの布地に包まれたしなやかな手が、右はビクビクと脈打つ肉幹を、左はずっしりと重く垂れ下がる玉袋を、ニュルッニュルッと淫靡に撫でまわしている。

「うはあぁっ。ニュルニュルですごいよ……気持ちよすぎるぅ」

ぬめり蕩けるあまりの快感に、健太は浴槽の縁をギュッと握りしめ、ピーンと足を突っぱり、心地よさそうに呻く。

快楽に翻弄される少年を淑女はどこか愉しげに見あげ、カウパーまみれの若竿へ手のひら全体を用いてたっぷりと泡を塗す。

「ビクンビクン暴れて……本当に元気ね。私のせいで、何度お汁を出してもこんなに大きく……。先っぽから漏れるおつゆも止まらないわ……」

多量の泡で包まれた若竿を、ニュコッニュコッと丁寧にしごきあげる。

もう片方の手では睾丸をそっと包みこみ、クルミを転がすように優しく揉みたてている。

ぎこちなくはあるが、献身的な手淫に、射精衝動がどんどんこみあげてくる。

「あうぅ、すごいよ。自分でするのとまるで違う。あの白いのが……ザーメンがどんどんチ×チンを昇ってくるのがわかるよ」

気持ちよさそうに悶える少年が呟いた卑語に、淑女はポッと頰を赤く染める。

「ザーメン……精液のことよね。なんだかとてもいやらしい呼び方だわ」

「うん。エッチな本に書いてあったんだ。すごくドキドキする言葉だなって思って。そういえばチ×チンのことも、チ×ポって書いてたや。そっちのほうが、なんだか大人っぽくてカッコイイ気がするんだ。すみれさんもそう思わない？」

無邪気な疑問をぶつけられ、しごく手は止めぬまま、すみれは気恥ずかしそうに視線を逸らす。

「そ、そんなことを聞かれても、わからないわ。あまりいやらしい言葉を口にしてはダメよ」

恥じらう淑女に、健太は不思議な興奮を覚える。

もっと恥ずかしがった顔が見たい。

好きな女の子に意地悪をしたくなる、そんな子供じみた欲求がふくらむ。

泡まみれの手淫によって送りこまれる快感がいかに強烈かを、あえて覚えたての卑語をふんだんに交えて伝えてゆく。

「泡でグチュグチュの手袋でチ×ポを擦られるの、オマ×コのなかに入っているみたいで気持ちいいよ。先っぽからヌルヌル……カウパーだっけ、溢れて止まらなくなって、もうザーメンを出したくてたまらないんだっ」

「アァン、いけないわ。破廉恥な言葉ばかり口にしないでぇ」

すみれは耳まで真っ赤にし、羞恥に身悶えて華奢な裸体をくねらせる。

しっとりと濡れた震える唇から漏れ出る悩ましい声に当てられ、若竿の律動が鎮まらなくなる。

「ああっ、もうそろそろ出そうだよ。ザーメンが出るくらい気持ちよくなるときのこと、イクって言うんだよね。イクよ、すみれさん。ザーメンいっぱい出すから、見てて っ」

健太は腰をクイと突き出し、若竿の先端を淑女の美貌に向けて狙いを定める。

「ま、待っててちょうだい。出しては、ダメッ」

尿道口がパクッと大きく開き、煮えたぎる精液がはじける瞬間、すみれは玉袋から左手を離すと慌てて亀頭に重ね、手のひらでふたをした。

しかし最も鋭敏な部位を、泡でぬめる布地が貼りついた手のひらで撫でられたことで、逆に最後のひと押しとなってしまう。

「あうぅっ、ヌチュヌチュの手のひらで先っぽ撫でられるの、たまらないよっ。イクッ、ザーメン出るぅっ！」

「ハアァンッ。あ、熱いわ……ドクドクと、お汁が……ザーメンが手のなかではじけて……」

グチュグチュとぬめり、泡だった手袋に包まれての射精は、自慰とは比べものにならぬ強烈な快感をもたらした。

ブビュルッ、ドビュルッと大量の濃厚な白濁がすみれの手のひらへ向かってぶちまけられ、ドロドロと卑猥に侵食してゆく。

「くうぅっ。まだまだ出るよ。すみれさんの大事な手袋、いっぱい汚しちゃう」

すみれの手袋を若竿に巻きつけては白濁で汚すという変態的な自慰がくせになっていた影響だろうか。

いつしか健太には、清楚な淑女を穢《けが》れに塗れさせることで興奮を覚える、歪んだ性的嗜好が芽生えていた。

「アァン、ネバネバとザーメンが糸を引いているわ。手袋にグジュグジュと染みこんで、ソープの清潔な香りが、クラクラする男の子の匂いにかき消されてゆく……」

年下の少年から教えられたばかりの卑語を呟きながら、すみれは粘つく白濁に染めあげられてゆく己の手と愛用の手袋を呆然と見つめている。

数日ぶりに想い人の手中で募る劣情を吐き出した健太は、夢見心地でビクビクと若竿を震わせつづけたのだった……。

（ハァン……なんて量なの。こんなにもたくさん、いけない想いを抱えて苦しんでいたのね。会いたいと願っていても、顔を見せられないほどに……）

4

すっかり精液でドロドロになりネバネバと糸まで引いている己の手のひらと汚れた手袋を見つめ、すみれはほうっと深く悩ましい吐息を漏らす。

直接触るのがはばかられたために、手袋越しに股間へ触れていたのだが、かえって歪んだ欲望を抱かせることになるとは思いもしなかった。

年上としてたしなめたものの、そもそも純真無垢な田舎育ちの少年を性欲で頭がいっぱいの獣に変えてしまったのは、故意ではないとはいえ、すみれ本人なのだ。

偉そうに叱りつける資格などありはしない。

せめて自分にできることをと、羞恥を呑みこみ、募る劣情を手ずから吐き出させてやったが、これで少しは落ちつきを取り戻してくれただろうか。

もう一度ボディソープを手に取り、手のひらにへばりついた残滓を洗い流す。

泡と白濁に塗れて射精の余韻にピクピクと震えている健太の陰茎も、シャワーでしっかりとすすいでやる。

「アハハッ。くすぐったいよ」

「アン。動かないの。じっとしていなさい。うふふ」

身をよじって水流から逃れる少年とじゃれ合っていると、先ほどまでの淫靡な空気は霧散し、温かな心地になって思わず笑みがこぼれた。

「それじゃ、湯船で温まりましょうか」

泡とともに、少年を悩ませていた煩悩も流れ落ちたはず。

そう確信し、安堵《あんど》するすみれの面差しに、大きな影が差す。

なにごとかと顔を上げると、いつの間にか健太が立ちあがっており、眼前には先ほど以上に雄々しく反り立った若竿が突きつけられていた。

「うう、まだ出したりないよ。言ったじゃない。小さくなるまで毎晩何回もいじってたって。本物のすみれさんが目の前にいて、ヌルヌルの手袋でチ×ポを撫でてくれたんだもの。一回出したくらいじゃ鎮まるわけないよっ」

少年はもどかしそうに呻くと、淑女の小顔をガッチリと両手でつかみ、憤りをグリグリと美貌に押しつけてきた。

「きゃあっ？　ダ、ダメよ、健太くん、女性にそんなまねをしては……。アァン、オチ×ポ、すごく熱いわ。あんなにたくさん、ドピュドピュと出したのに……」

頬に伝わる若竿の熱と硬度に、すみれは呆然と呟く。

(苦しそうに、ビクビクと脈打っているわ。なんて逞しさなの、一度吐き出したくらいでは、まるで鎮まらないだなんて。これでは、持てあましてしまっても仕方がないわ……)

健太の回復力が異常なのか、それとも彼の言うとおり、相手がすみれだからなのか。経験に乏しい淑女には判断がつかず、ただただ圧倒されてしまう。

へたりこんだまま怯《ひる》んで動けぬすみれのふっくらとやわらかな頬を、ふたたび獣欲に取りつかれた健太が漲る怒張でズリズリと撫でまわす。

「ああ、ほっぺた、プニプニしていて、すごくやわらかい」

「い、いけないわ。なんてことをするの。人の顔に、オチ×ポを擦りつけるだなんて……。ハァン、ヌルヌルが垂れてきたわ。匂いも、どんどん濃く……」

よほど気持ちよいのか、せっかく洗い流したばかりのカウパーが、新たに尿道口からタラタラと溢れ出し、美貌をネトネトと汚してゆく。

若竿から滲む牡臭も、ムワンと濃密さを増し、鼻腔に流れこんで、淑女の脳をクラクラと揺さぶる。

これほど熱烈に迫られたのははじめてで、どうしてよいかわからず、されるがままになってしまう。

強く拒絶して傷つけてもいけないと、大きな抵抗をせずにいれば、少年はますます調子に乗りはじめる。

鼻で呼吸すると肉臭でむせてしまうため、口で息を吸うために半開きになった唇に、粘液まみれの亀頭がムニムニと押しつけられる。

「唇、プリップリだ。色っぽいって、こういうことを言うんだ……」

生唾を飲みこんだ健太が、若竿の先端で唇の隙間をムリムリとこじ開けてきた。

「イ、イヤッ。なにをするの。やめてちょうだい」

フルフルと首を左右に振って逃れようとするも、少年の圧に押し負けてしまう。

やがて浴室の床へ仰向けに押し倒され、顔の上に跨られる。

すみれを組みふせた若牡は湧きあがる興奮に目を爛々《らんらん》と輝かせ、さらにジリジリと迫る。

「すみれさん……フェラチオ、して。僕のチ×ポ、舐めてほしい」

「フェ、フェラ……そんなはしたないまね、できるはずないわ」

口淫という行為の存在自体は知ってはいたが、経験はない。

あまりに破廉恥な要求に、すみれはカァッと頬を火照らせ、視線を逸らす。

だが少年は簡単に諦めてはくれず、羞恥に震える唇に亀頭でネトネトとカウパーを塗りたくりながら頼みこむ。

「エッチな本で見たんだ。女の人が男のチ×ポをおいしそうに咥えて、うっとりした顔をしているところを……。僕、すごく興奮して、すみれさんにしてもらうのを想像しながら、いっぱいチ×ポを擦りまくったんだ……」

健太は熱っぽい表情ですみれを見下ろし、再現するがごとく腰を浅く前後に振る。くぷっくぷっと唇が何度も割り裂かれ、亀頭の先が押し入っては抜け出てゆく。タラタラと口内に流しこまれたカウパーがネットリと舌にからまり、淫らな粘液にジクジクと侵食される。侵入した亀頭につつかれた舌先が、ヒクヒクッとせつなくわななき、ジーンと痺れる。

舌にベットリとひろがる牡の味に、己を征服されてしまったような心地がして、ますます拒めなくなってしまう。

「うむむ……。健太くん、ゆるして……これ以上、私に恥をかかせないで……」

瞳を潤ませて懇願し、情に訴えかけるも、かえって若牡の劣情を駆りたてるばかりである。

ほどなくして先端だけでなく、亀頭全体がくぽっと口中へ押しこまれてしまった。

「ああ、清楚で上品なすみれさんが、僕のチ×ポを咥えてる……。ヌルヌルの口のなか、蕩けそうに気持ちいいよ。まるでオマ×コのなかみたい」

「んもぉ。い、言わないでぇ……」

口を性器同様だと揶揄《やゆ》され、あまりの羞恥に顔から火が出そうになる。

吐き出そうとするも、ダラダラとひっきりなしに粘液を流しこまれるため、はしたなくこぼすこともできずに唇をすぼめたままでいるしかなかった。

「もうちょっとだけ、このままでいさせて。射精したら落ちつくと思うから」

よほど口淫への憧れが強いのだろう。手淫による一度の射精では、解消しきれぬほどに。

期待にもどかしく打ち震える若竿と息を呑んでこちらを見つめるあどけない顔に、すみれは結局はほだされてしまう。

「んぷあぁ……。わ、わかったわ。それで鎮まって、もとの優しい男の子に戻ってくれるのなら……あなたの好きなように、してちょうだい……」

すみれは観念して、瞳をそっと閉じ、卑猥なぬめりに塗れた亀頭をはしたなくもカポッと自ら咥えこんだ。

（お口のなかが、熱いお肉とヌメヌメしたお汁の味でいっぱいだわ……。決しておいしくはないけれど、どうしてかしら、健太くんのお味だと思うと、不思議といやとは感じない……。私、本当はとてもいやらしい女だったの……？）

少年に顔へ跨られたすみれは、瞳をしっとりと潤ませ、陶然とした表情でチュポチュポと若竿を吸いたてる。

ぽってりとした唇にカリ首をムキュッと締めつけられ、ネットリとした口内粘膜に鋭敏な亀頭を包みこまれて、健太は快感にブルブルッと腰を震わせている。

「あうぅっ。こ、これがフェラチオなんだ。思ったとおり、ううん、思ってたより何倍も気持ちいいよ……。ああ、ちょっと、出ちゃうっ」

先ほどまでの押しの強さはどこへやら、すっかりすみれの口唇奉仕に身を任せ、健太はだらしない笑みを浮かべて快楽に浸っていた。

もはや拒まれることはないだろうと、油断しきっているようだ。

はるかに年下の少年の思いどおりにふるまってしまい、少しだけ悔しい気もする。

それでも、口内粘膜の蠢きに翻弄されて、かわいらしい声を漏らしては先汁を溢れさせる少年を見あげていると、溜飲《りゅういん》が下がる。

もっともっと悦ばせてやりたくなり、唇をすぼめてさらにチュポチュポと先端を吸いあげる。

「うふふ。またおつゆが漏れちゃったわね。ハァン、お口のなか、いやらしいぬめりでネトネトよ。お姉さんにこんなことさせて……本当に、いけない子」

これまで真剣に愛した男性もおらず、自分でも気づいていなかったが、もともとが奉仕に向いた性格だったのかもしれない。

口内に満ちたぬめりをコクンと喉を鳴らして飲み下すと、誰に教えられたわけでもないのに、ペチョペチョと亀頭に舌を這《は》わせてゆく。

「うはぁ。吸うだけじゃなく、舐めてくれてる。ヌルヌルの舌がたまらないよぉ。腰が動いちゃう」

少年は敏感な亀頭の表面をネロネロと舐めくすぐられて、すみれの想像をうわまわる過敏な反応を示す。

じっとしていられなくなったか、もどかしそうに腰を小刻みに揺すり出す。

好感触にすみれは頰をほころばせ、さらに舌をくねらせて亀頭の表面だけでなく、笠裏や幹もネチョネチョと淫猥に舐めあげる。

(ハァン。こんなにもはしたなく舌を動かしているだなんて……自分でも信じられないわ。でも、健太くんが喜んでいるのが、オチ×ポから伝わってくるから、もっと気持ちよくなってほしい。愛らしい顔をたくさん見せてほしいの……）

（少年の反応をつぶさに観察しつつ丁寧に、ときには大胆に、ネロリネロリと舌をくねらせる。

先端から漏れ出る粘ついた汁を亀頭ごと唇をすぼめて啜り、コクリコクリと嚥下す
る。生暖かい吐息を漏らしては、またじっくりと吸いたてる。

熱のこもった口唇奉仕にすっかり股間が快楽で蕩けきったか、健太はブルブルッと
全身を大きく震えあがらせる。

「くあぁっ。チ×ポ、溶けちゃう。フェラチオってすごい。すみれさんの口、やらし
すぎだよっ」

とうとう受け身のままでいられなくなったようで、両手で淑女の小顔をガッチリと
押さえつけ、腰を振って、クポクポと若竿で口穴をかきまわしはじめた。

「んぷあぁっ。そんなにオチ×ポの先っぽ、舌に擦りつけないで。ジンジン痺れて、
ハアァン、淫らなヒクつきが止まらないぃ」

肉幹へ何度も擦りつけることで伝播した淫熱がジクジクと染みわたり、すみれの舌
はせつない疼きがジーンと取れなくなっていた。

そこをグニグニと亀頭で執拗に嬲られ、狂おしい痺れが舌全体に湧きあがって、す

みれは悩ましい悲鳴をあげる。

瞳を潤ませて許しを乞うたものの、かえって逆効果だった。

健太はさらに獣欲を漲らせ、より深く肉塊を口内に埋めこんできた。

口いっぱいにひろがる牡肉の濃厚な味と匂いに、トロンと瞳が蕩ける。

「うむむ……。なんて大きいの。お口がこわれてしまうわ……」

獰猛《どうもう》な若牡に蹂躙《じゅうりん》され、すべてを征服される被虐に、胸がゾクゾクと震える。

背徳の悦びに目覚めつつある女を少年は興奮の面持ちで見下ろし、己の存在を刻みつけるがごとく、亀頭の笠でゾリゾリと口内粘膜をなぞりまわす。

「口のなか、アツアツに蕩けてるよ。チ×ポを擦りつけると、どんどんネトネトになってゆく。ヌメヌメしてて、本物のオマ×コみたいだ……。いままで誰かにフェラチオをしてあげたことってあるの？　その、昔の恋人とか……」

健太の問いに、すみれは恥じらって視線を背ける。

「あ、あるわけないでしょう。こんなはしたない行為……求めてきたのも、あなただけよ」

その返答に、少年はパァッと満面の笑みを輝かせる。

「そっか。じゃあ、上品なすみれさんのこんなやらしい顔を見たことがあるのは、僕ひとりなんだね……。なんだかとってもうれしいよ。ああ、もっとエッチな姿を見せてっ」

独占欲をはじけさせた健太が、性交のごとく若竿をヌボッヌボッと口内に突き入れはじめる。

内頬をゾリゾリと熱くこそがれ、濃い牡肉の味を覚えこまされて、すみれは瞳をふわふわとうわむかせて被虐の官能に身悶える。

（ハアァンッ。こんなにも情熱的に求められるのは、はじめてだわ。健太くんは私を、ひとりの女として見ているのね。はしたない姿をさらしても、幻滅するどころか、ますます興奮を募らせて……。アァ、もっとこの子にすべてをさらけ出したい……）

名家の令嬢としてではなく、ひとりの女として求められ、年がいもなく胸が熱く震える。

愛される悦びに飢えていた淑女は、唇を犯す不埒な若竿を拒むどころか、チュボチュボと愛おしげに吸いたててゆく。

「あうぅっ。チ×ポ吸われてる。気持ちよすぎて腰が抜けそうになるっ。またザーメンが上がってきた……。今度はすみれさんの口でイクよ。いっぱい出しちゃうよっ」

ブルブルッと口内でせつなげに暴れる勃起から、射精の予兆が伝わってくる。

絶倫じみた精力を秘めてはいるものの、本来はまだまだ経験の浅い、青さの残る少年にすぎない。

逞しさとあどけなさの二面性を見せる若竿をネットリと舐めあげ、淫蕩な本性を開花させた女は、少年を快楽の頂点へと導いてゆく。

(アァン、イッてしまうのね。今度はあの熱いドロドロのお汁を、私のお口にたくさん注ぐつもりなのね……。ンアァ、ずるいわ、健太くん、ひとりだけ。私もあなたといっしょに気持ちよくなりたい……悦びを味わいたいのっ)

すみれはいつしか若竿を咥えたまま、火照る肉体を自ら慰めはじめる。

ベットリと白濁の染みこんだ手袋に包まれた左手で、グニュグニュと豊満な乳房を揉みしだき、ぬかるむ蜜壺《みつつぼ》を右手の指二本でヌチュヌチュとかきまわす。

それは、はじめての自慰行為だった。

貞淑だった肉体は、浴室の熱気と少年の興奮に当てられて、カァッと淫らに燃えさかり、どんどんと昇りつめてゆく。

「うあぁっ。吸いつき、すごいよぉ。もう、出ちゃうっ。すみれさんのお口も汚しちゃうっ」

こみあげる射精の快感に悶絶する健太には、すみれが自らの肢体をまさぐる姿は見えていないようだ。

ただただ圧倒的な快楽に翻弄され、情けなくも愛らしい呻きを漏らして絶頂への階段を駆けのぼっている。

「ンポッンポッ……。いいわ、健太くん。遠慮せず、私のお口に思いきり出してちょうだいっ」

ひっきりなしにカウパーを滴らせる破裂寸前の若竿を、すみれは恥をかなぐり捨ててはしたなく頬をへこませ、ムチュルルーッと思いきり吸いたてた。

「あうぅっ。イクッ。ザーメン出るうぅっ」

すると、とうとう灼熱の白濁が、ドビュドビュゥーッと口内にぶちまけられる。

「んぶぶぅっ？」

あまりの勢いと熱に、すみれは目を白黒させて身悶える。

思わずギュッと乳房をきつく握りしめ、膣の内壁をゾリッと乱暴に指でかいてしまう。すると爆発的な快感が生じ、熟れた肢体の隅々まではじけ飛んだ。

「むぷあぁっ。ふむむぅっ！」

（アァッ、お口が焼けるっ。舌が、頬が溶けるぅっ。お乳も疼くわ、オマ×コもはしたなくしぶいてしまう。健太くんがお口でイッてくれたのがうれしくて……私の全身

も、悦びで満たされてゆくのぉっ）

脳内で爆ぜる絶頂の火花にふわふわと瞳を裏返らせながら、ゴキュゴキュと注がれた精液を嚥下してゆく。

精液が胃の腑《ふ》に流れこんだぶんだけ、しどけなくクパッと開いた秘唇からプシャップシャッと愛蜜の飛沫が上がる。

しかし射精の勢いは飲み下す速度をはるかにうわまわり、割りひろげられた唇の端からダラダラと粘ついた白濁が糸を引いてはしたなく溢れ出す。

（おむむっ。お口がネバネバで埋めつくされて、息ができないっ……）

プクッとハムスターのごとく頬をふくらませ、窒息しかけて目を白黒させていると、ようやく健太が脈打つ若竿をズルリと引きぬいた。

「うあぁ、フェラチオでイクのってすごい。すみれさんの顔を見ながらだと、いくらでもザーメンが出てきちゃうよ。あうぅ、また出そうだ。すみれさん、見ててっ」

健太は乳房を握りしめていたすみれの左手をつかむと、いまだ震えが止まらぬ肉幹を握らせる。

ガシュガシュと若竿をしごかされて、残り汁がビュパビュパッとすみれの呆けた美貌に降りそそいだ。

「アハァンッ。……ふあぁ、すごいわ。お顔にも、健太くんのお汁がたくさん……。ムワムワの濃い匂いで、溺れてしまいそう……」

淫欲に潤んだ瞳で、すみれはうっとりと若牡を見あげる。

射精とともに獣欲も流れ出たのか、健太はすっかりあどけない表情に戻り、快楽の余韻に浸って、なんとも満足げなだらしない笑みを浮かべていた。

「ふうぅ……すごく気持ちよかった。本当にすみれさんにフェラチオをしてもらえたなんて、夢みたいだ……」

夢見心地で呟く少年に、淑女の胸がキュンと甘酸っぱく疼く。

「もう……。優しくてよい子だと思っていたのに、本当はとてもいやらしい男の子だったのね。お姉さんをたくさん困らせて……悪いオチ×ポなんだから」

ムワムワと精臭を放つ若竿の先端にチュッと唇を重ねると、尿道口にたまっていた残り汁がピピッと飛び散る。

頬に付着した残滓をチロリと舐め取り、若牡の逞しさに魅了された女は淫蕩な微笑を浮かべたのだった。

5

長い入浴を終えたあと、濡れた服が渇くまでのあいだ、健太はすみれのバスローブを借りて過ごした。

女性ものを羽織るのは気恥ずかしかったが、小柄な体をスッポリと包む高級バスローブはとても着心地がよかった。かぐわしいすみれの残り香がときおりふわっと漂ってくるようで、胸がドキドキした。

一方すみれは、室内着に白いフリルのブラウスに紺のロングスカートを着こなし、まさに気品あふれる名家の令嬢といったたたずまいだった。

そしてもちろんたおやかな手は、袖口にワンポイントの小さなリボンがついた手袋で彩られていた。

「室内でも手袋をはめているだなんて、おかしいかしら。落ちつくというのもあるけれど、肌が弱いのも理由のひとつなの。日に焼けるとすぐ赤くなってしまって……」

自嘲ぎみに微笑むすみれに、健太はブンブンと頭を振る。

「そんなことないよ。上品な格好にすごく合っていて、素敵だと思う」

はにかんだ笑みを浮かべ、健太は素直に賞賛する。

すみれはうれしそうに頬をほころばせ、健太の手の甲へ、やわらかな布地に包まれた手のひらをそっと重ねた。


雨はすっかりあがり、雲も晴れて夜空に星が瞬き出したころ。

名残惜しくはあったが、健太はそろそろすみれの屋敷からお暇することにした。

「服、洗濯してくれてありがとう。お邪魔しました。あの……また会えるかな」

玄関前で見送ってくれる淑女に、おずおずと尋ねる。

すみれはにっこりと柔和に微笑むと、両手を包んでいた手袋をスルスルとはずし、健太の手に握らせた。

「えっ。これって……」

「貸してあげる。どうしても私に会いたい夜があったら、これを触って気持ちを落ちつかせてね。まだしばらく滞在しているから、いつでも会いに来てちょうだい。今度は堂々と、ね」

うれしいお誘いに、少年は満面の笑みを浮かべる。

「う、うんっ。もう汚したりしないから。大切にするね。スンスン……ああ、すみれさんの匂いがする……」

「や、やだ。目の前で嗅いだりしないで。恥ずかしいじゃない……」

さっそく顔に近づけて、布地に染みこんだ甘い香りを堪能する少年を、淑女は恥じらいに頬を染めてたしなめるのだった。


その夜。

ネグリジェ姿で寝室のベッドに横たわったすみれは、健太のあどけない笑顔を思い浮かべ、ぼんやりと天蓋を見あげていた。

「健太くんはいま、なにをしているかしら……。いやだわ、私ったら。あんなに年の離れた男の子のことばかり考えて……」

年がいもなく年下の少年へ夢中になっているのが気恥ずかしくなり、顔を赤らめて寝返りを打つ。

無意識にスリスリと、手袋に包まれた両手をせつなげに擦り合わせていた。

「よく眠れているといいけれど。アァ、でも……健太くん、とっても元気すぎるから。もしかしたら、今夜も……」

はしたないと思いつつも、何度果ててもすぐに逞しさを取り戻すピンク色の若竿が脳裏に浮かんでくる。

「今日もお風呂で何回も射精したのに……帰るころにはまた、ふっくらとアソコをふくらませていたわ。本人は隠しているつもりだったようだけれど……私が手を撫でると、股間もピクピクと反応して……ンン……」

いつしか肢体が火照り出し、ネグリジェの上から乳房をふに、ふにと揉みたて、甘い声を漏らす。

「ンァァ……これではあの子を叱る資格なんてないわね。健太くんがいけないのよ。いままでこんなふうに身体が疼いたことなんてなかったのに……ハァン……」

少年の旺盛な性欲は、眠っていた女の本能をも呼び起したようだ。

自慰の経験などなかったというのに、肉の夜泣きが抑えられず、ぎこちない手つきで己を慰めてゆく。

「もしかしたら今夜も、渡した手袋の匂いを嗅ぎながら、大きくなったオチ×ポをしごいているのかしら……。もう汚さないとは言っていたけれど……本当にちゃんと、我慢できるの……？」

ブツブツと呟きつつ身体を起こし、クローゼットの抽斗を開け、密閉された透明なビニール袋を取り出す。

なかには若牡の劣情でさんざんに穢され、乾いてカピカピになった手袋が大切にしまわれていた。

生唾を飲みこむと、柔肌を守る就寝用の手袋をスルスルとはずす。

恐るおそる袋の口を開け、穢れのない指先をごわついた布地で包みこんでゆく。

「んふあぁっ。ひどいわ、健太くん。大切な手袋を、こんなにも台なしにして……。いやらしいお汁をたくさん染みこませて、洗っても取れそうにないくらい濃い匂いで染めて、私の代わりに、さんざんに汚しつくしたのね……ハアァンッ」

汚れた手袋に包んだ指を鼻に寄せ、熟成されたむせ返る精臭に小鼻をヒクつかせては身悶える。

ふたたびベッドへ肢体を投げ出し、少年の白濁に塗れる己の姿を夢想しつつ豊満な乳房を揉みしだき、下着の上から秘唇を撫でさする。

少年が手袋にフェティッシュな興奮を抱くようになった一方で、すみれ自身もまた性欲旺盛な若牡により、淫らな嗜好を植えつけられていたのだった。

第四章　妖艶なランジェリー

1

七月二十六日。

午後から外出するために自室で健太が仕度をしていると、扉の向こうから母親の声がした。

「健太、浩二くんから電話よ」

「はあい」

いったん手を止め、自室を出て居間へと向かい、電話に出る。

「もしもし、コウちゃん？」

――よっ。ケンちゃん。今日って午後から暇か。暑いし、川へ泳ぎに行こうぜ。

いつもなら喜んで飛びつく親友からの誘いだが、健太は困り顔になり、小声で断りを入れる。

「えっと……ごめん。今日は用事があって」

――ええっ。おとといもそう言って断ったじゃん。せっかくこっちに帰ってきたのにさ。

受話器の向こうから不満げな声が漏れる。

浩二は先週末まで東京に住む親戚の家へと出かけており、この夏休みはまだいっしょに過ごしていなかった。

「本当にごめん。ちょっと今年の夏休みは忙しくて……」

申し訳なさそうに改めて謝罪する。

――うーん。じゃあ、しょうがないか。それにしても、ケンちゃんが誘いを断るなんて珍しいな。もしかして……カノジョでもできた？

「ええっ。いや、あの、カノジョとかじゃないよ……まだ……」

根が正直者の健太は、動揺のあまりうまくごまかしきれない。

――おお、もしかして図星だったか。やるじゃん。学校の女子とかにはぜんぜん興味なさそうだったし……俺がいないあいだに、年上のきれいなお姉さんと出会ったとか。もしかして、初体験もしちゃってたりして。

「ううっ。そ、それは……その……あうぅ」

つき合いが長いだけに、親友はあっさり秘密を見ぬいてしまった。

羞恥で真っ赤になり口ごもると、愉快そうな笑い声が響いた。

――アハハッ。マジかよ。ケンちゃんも童貞卒業かあ。これでエロ話もできるな。いままではぜんぜん、そっちの話に乗ってくれなかったし。今度ゆっくり話を聞かせてくれよ。それじゃ、デートがんばってな。

物わかりのよい友人は、少年が大人の階段を上ったことを素直に喜んでくれた。

「う、うん……。またね」

受話器を置いた健太は、茶化されずに済んで安堵に胸を撫で下ろす。

そして改めて、自分とすみれの関係はなんと言い表せばよいのだろうと、少しだけ思い悩むのだった。

天気は快晴。

昼食を済ませた健太はリュックを背負って自転車に跨り、ペダルを漕いで走り出す。

向かう先は今日も、高台にある別荘だった。

額に浮かぶ汗を拭いつつ二十分ほど疾走すると、すっかり見なれた豪邸の門前へとたどり着いた。

透かし門をのぞき、敷地内の様子を確かめる。

中庭では今日もタキシードをかっちりと着こなした老執事が汗ひとつかかず、いかめしい表情でリムジンの洗車をしていた。

「おや。少年、今日もやってきたのですな」

執事と目が合い、健太はビクンと肩をすくめる。

「は、はい。その……すみれさんはいますか」

おずおずと尋ねると、表情が変わらぬため、歓迎している様子もないが、少なくとも追い返されることはなく、門を開けてくれた。

「お、お邪魔します……」

ぎこちない笑みを浮かべ、敷地内へ足を踏み入れる。

老執事の横を通りすぎ、安堵の息を吐いたのも束《つか》の間。

「ときに、少年」

「はひっ？」

背後から声をかけられ、驚きで声を裏返らせる。

淑女との逢瀬《おうせ》の内容にうしろめたさを覚えていただけに、ビクビクしながら恐るおそる振り返る。

「最近のお嬢様は、すっかり明るくなられた。こちらへ静養に訪れたかいがあったというもの。……キミがこうして会いに来てくれるおかげかもしれぬ。感謝していますぞ」

叱られるとばかり思っていたため、健太は一瞬呆気にとられて老執事を見つめ返す。

「い、いいえ。その……僕はただ、すみれさんといっしょにいるのが楽しいだけで……えへへ」

照れ笑いを浮かべる健太の肩を、老執事がポンとたたく。

「これからも、お嬢様に会いに来てあげてくれるかな」

「は、はい。喜んで」

大きく頷く少年に、老執事は珍しく相好《そうごう》を崩したのだった。

「いらっしゃい、健太くん。今日も会いに来てくれたのね」

玄関の扉を開くと、上品なフリルのブラウスとロングスカートに身を包んだすみれが頬をほころばせて出迎えてくれた。

健太の手をキュッと握り、すべらかな手袋に包まれた手のひらでサワサワと愛おしそうに撫でる。

「うん。また来ちゃった。ああ、今日もすみれさん、すごくきれいだ……」

何度味わってもたまらない心地よい感触に、少年はだらしなく表情を崩す。

思わず口もゆるみ、誉《ほ》め言葉が恥ずかしげもなくこぼれ出てしまう。

だがそのまっすぐさをこそ好ましく捉えているのか、淑女ははにかんだ笑みを浮かべてスッと隣に寄りそい、腕をからめてきた。

「うふふ。もう、お上手なんだから……。今日はアップルパイを焼いてみたの。よかったら、食べてみてくれるかしら」

「わあ。やった。すみれさん、お料理も上手だもんね。楽しみだな」

これまでも何度か手作りのお菓子をふるまわれており、いずれも頬が落ちそうなほど美味だったため、健太は無邪気に喜んだ。

はしゃぐ少年を見つめ、すみれはうれしそうに目を細める。

「けど、いいのかしら、夏休みだというのに、毎日私に顔を見せに来てくれて……。本当は、お友達と遊びたいんじゃない？」

どこか申し訳なさそうに尋ねる淑女に、少年はブンブンと頭を振る。

「ううん。友達とはいつでも遊べるし。いまは少しでもいっぱい、すみれさんといっしょにいたいんだ」

すみれがどのくらいここに滞在する予定なのか、確かめるのが怖くて、ちゃんと尋ねたことがなかった。

どこにも行かないでほしいと訴えるかのように、ギュッと強く手を握りしめる少年に、淑女は優しく微笑み、そっと手を握り返す。

「私も健太くんといっしょに過ごせて、とても楽しいわ。穏やかで安らいだ心地になれるし、それに……。お茶のあとは、寝室に来てくれるかしら。あなただけに、見せたいものがあるの」

そう囁いて、いたずらっぽく瞳を輝かせる、年を感じさせぬ愛らしさを見せる淑女に、少年の胸が高鳴る。

寝室という響きと、自分だけというううれしい言葉に、なにが待っているのだろうと期待せずにはいられないのだった。

紅茶とお手製のアップルパイに舌鼓を打ち、小一時間ほど話に花を咲かせたあと、健太はすみれに手を引かれ、屋敷の二階にある彼女の寝室へ訪れていた。

「目をつぶって待っていてちょうだい」

そう促され、健太は豪奢な天蓋つきベッドの縁にちょこんと腰かけ、両目を閉じる。

前方からはシュルシュルと衣擦《きぬず》れの音が聞こえ、否《いや》が応でも興奮が高まる。

どんな光景がひろがっているのか、確かめたい衝動に駆られる。

だがもし目を開けて、昔話のようにすみれが消え去ってしまってはかなわない。

健太は約束を守り、ギュッと拳を握って瞼を閉じつづける。

そして数分後。

「もういいわよ。……こっちを、見て」

ゆっくりと目を開くとそこには、薄紫色の煽情的なランジェリーに身を包んだ淑女が、全身をほんのりと桃色に染めて立っていた。

「ど、どうかしら」

たわわな乳房はレースのブラジャーで下から掬いあげられ、挑発的なカーブを描いて異性を誘う。

一方、ぽってりとした恥丘は大胆な角度に切れこんだ透けた薄布で覆い隠されており、逆に想像力をかきたてる。

長い手足は妖しい光沢を放つロンググローブとガーターストッキングでピチッと覆われており、あまりの妖艶さに健太は思わず生唾を飲みこんだ。

「うわぁ……。すごいよ、すみれさん。まるで雑誌から飛び出してきたみたい。どんなモデルさんよりもきれいで……色っぽすぎて、うう、ドキドキが止まらないよ」

上品な淑女が妖艶なセクシーランジェリーに身を包んでいるギャップと、強調された流麗なボディラインに、少年はたちまち魅了されて、食い入るように見つめる。

突き刺さる熱い視線に、すみれは雪白の肌を真っ赤に染め、くねりくねりと肢体をよじる。

「アァン。見てほしいとは言ったけれど……そんなにジッと見つめられたら、恥ずかしいわ」

「見ないわけにいかないよ。エッチな本に出てくるような下着をすみれさんが着た姿を何度も妄想はしていたけど、まさか本当に見られるだなんて……。それにしても、そんなセクシーな下着を持ってるなんて驚いちゃった」

健太の疑問に、すみれははにかんだ笑みを浮かべて秘密を打ちあける。

「以前に少しだけ興味があって注文してみたのだけれど、いざ着てみたらあまりにも大胆すぎて、恥ずかしくてずっとしまっておいたの。たまたまそれを思い出して……

健太くんに見せてあげたら、どんな顔をするかしらと思って……ハァン……」

答えているうちに肢体が火照ってきたのか、すみれは悩ましい吐息を漏らす。

気品に溢れた淑女が自分のために恥じらいを堪えて大胆な姿を見せてくれたと知り、健太は喜びで胸がいっぱいになる。

「ううっ、もうたまらないよ。もっと近くで見てもいい？　そうだ。せっかくだし、ポーズを取ってみてよ。まずは右腕を胸の下にまわして、前かがみになって」

雑誌のグラビアで実際に見たことのあるセクシーポーズをはしゃいで要求すると、すみれは恥じらいながらも応じ、胸元を強調する挑発的な姿勢を取った。

「ど、どうかしら。雑誌に載っていた女の子たちのように、あなたをちゃんと夢中にさせられているかしら……」

瞳を潤ませて上目遣いで尋ねるすみれに、健太はゾクゾクッとたまらない興奮を覚える。

もしかして、自慰の際に淫猥な雑誌のグラビアを見ながら何度も射精したという話を以前に聞かせたことで、モデルたちに軽い嫉妬心を抱いているのだろうか。

はるかに年上の気品ある淑女が、年がいもなくヤキモチを焼いてくれたのだと思うと、健太はたまらなくうれしくなる。

「うん。僕はもう、すっかりすみれさんに夢中だよ。出会ったときからそうだったけど、こんなエッチな格好を見せつけられたら、ますますほかの女の子なんか目に入らなくなっちゃうよ……。その証拠に、ほら、見て」

勢いよくパンツごと半ズボンを下ろすと、前かがみになったすみれの目の前で、限界まで張りつめた若竿がブルンッと勢いよく跳ねた。

「ハァンッ。オチ×ポ、はちきれそうなほどに大きくなっているわ。ダラダラとおつゆを垂らして、いやらしい匂いもむせ返りそうなほどムンムンさせて……。アァ、ダメよ。目の前で、シコシコするだなんて……」

勃起を見せつけるだけでは飽き足らず、健太はすみれの鼻先に亀頭を突きつけ、ガシュガシュと激しくしごきたてはじめた。

「僕だけの最高にセクシーなモデルさんが目の前にいるんだもの。オナニーせずにはいられないよ。ああ、僕も恥ずかしいところをたくさん見られちゃってる。おあいこだね」

このまま絶頂を迎えるまでしごきぬきたかったが、せっかく極上の生グラビアモデルが手の届く距離にいるというのに、果ててしまうのはあまりにももったいない。

なんとか手を止めると、すみれの後方にまわり、プリッと背後に突き出された大きなヒップにしゃがみこんで、ムギュッと顔を埋めた。

「きゃっ？　な、なにをしているの。アァ、お尻を撫でまわしてはダメよ。ハアァン、深呼吸しないで。恥ずかしすぎて、顔から火が出そうだわ……」

「スーッ、ハーッ。うあぁ、ムンムンする匂いで、なんだかぼおっとしてきた。お酒に酔うって、こんな感じなのかな……。雑誌と違って、いろんな角度から眺めたり、直接触ったりもできるんだ。夢みたいだよ」

ペタペタと尻たぶを撫でまわし、甘えて頬擦りをする。

尻肉がくすぐったそうにフリフリと左右に揺れ、秘所を覆う下着のクロッチにクチュリと小さな染みがひろがった。

ますますムワンと濃密に醸された匂いを、胸いっぱいに吸いこんで堪能する。

匂いの発生源にむしゃぶりつきたくなる衝動に駆られるも、なんとか興奮を抑えこんで立ちあがり、次なる指示を出す。

「今度は両手を頭のうしろにまわして、まっすぐに立ってみて。少し脚を開いて、胸をグイッと前に突き出して、見せつける感じで。そうそう、いいよ」

おどけて写真を撮るまねなどしながら、牡を誘う挑発的なポーズを取るよう誘導してゆく。

「こ、こんな感じかしら……。アン、オチ×ポがビクンッて跳ねたわ。男の子は、女性のはしたないポーズに興奮してしまうものなのね……ンァァ」

淑女はギラギラと獣欲に満ちた目で視姦されて、丁寧に処理済みのツルリとした腋《わき》を蠢かせ、クネリクネリと悩ましく腰を揺らす。

薄手のレースのブラジャーからは、乳房の先端がピク、ピクととがってゆくのが透けて見えた。

「ああ、スマホを持っていたら、本当に写真が撮れたのにな。そうすれば、すみれさんの写真をいつでも眺められるのに」

肩を落とす少年に、すみれは意外そうな表情を浮かべる。

「そういえば、健太くんは携帯電話を持っていないのね。いまどきの子はみんな持っているものと聞いたけれど」

「うん。持っていたとしても、どうせ友達のコウちゃんにしか電話しないだろうし、学校で会えるしね。けど、今度の誕生日に買ってもらうことにしたんだ。すみれさんの声が聞きたくなったときに、電話できたらいいなと思って……」

照れ笑いを浮かべる健太に、すみれも頬をほころばせる。

「それは素敵ね。お誕生日はいつなの？」

「八月二十二日だよ」

だが日付を答えると、一瞬だけ淑女の顔が曇る。

その表情に、なぜだか無性に不安を駆りたてられた健太は、悩ましい立ち姿を披露したままのすみれにギュッと抱きつく。

そしてしっとりと汗ばんだ腋に顔を埋め、思いきり深呼吸した。

「んふあぁっ？　か、嗅がないでちょうだい。アッアッ、鼻を擦りつけないでぇ。そこはとても敏感なの。くすぐったいわ……ひうぅっ」

「スマホがないぶん、匂いや感触をしっかり覚えておこうと思って。味もたしかめちゃおうかな」

汗ばんだ女の匂いを堪能するだけでなく、せつなげに蠢く腋をチュッチュッとついばみ、さらにはベロベロと舌で舐めあげる。

「はひぃぃっ。キスしないで、アァ、舐めてはダメェ。立っていられなくなるぅ」

肢体に力が入らなくなったか、すみれはベッドへ仰向けに倒れこんでしまった。

健太はすみれの腰へ跨り、馬乗りになると、上体を倒して覆いかぶさる。

潤んだ瞳で見あげる淑女に顔を寄せ、半開きの唇にムチュリと口を押しつけた。

「ふむぅ。アァ、唇にもキスを……」

「へへっ。しちゃった、ファーストキス……。僕たち、恋人どうしみたいだね」

はにかんだ笑みを浮かべ、瞳の奥をのぞきこむ。

美貌は朱に染まったが、しどけなくゆるんだ唇から否定の言葉はこぼれなかった。

「恋人だなんて……倍も年が離れているのに。……大切なファーストキスが、私なんかが相手でよかったの」

不安げに尋ねる淑女の震える唇を、ふたたびムチュリと深く塞ぐ。

「すみれさんがいいんだ。初体験もファーストキスも、すみれさんみたいな素敵なお姉さんが相手で、本当に夢みたいだよ」

想いをぶつけるように何度もついばみ、あえて音を立ててジュパジュパと下品に吸いたてる。

さらには垂らした舌を半開きの唇に挿しこみ、奥に引っこんだ淑女の舌をツンツンと舌先でつつく。

「あむむ。そんなに吸わないで。唇がはしたなく腫れちゃう……。ンアァ、舌を舐めるだなんて。こんなキス、いやらしすぎるの……」

「こういうの、大人のキスっていうんだよね。すみれさんとしてみたいと思ってたんだ。いつも気持ちよくしてもらってばかりだから、今日は僕がすみれさんを気持ちよくできるようにがんばるね」

このところ足しげくすみれの下に通っていたが、手淫や口での愛撫で何度も射精に導いてもらったあとは、疲れきって眠ってしまうことが多かった。

今日はこんなにも悩ましい下着姿を、自分だけに特別に見せてくれたのだ。

自分も恩返しをしたいと、己の快楽よりもすみれを悦ばせるのを第一に考え、じっくりねっとりと口内粘膜を舐めねぶってゆく。

ツルリとした真っ白な歯を一本一本舌先で磨きあげ、歯茎にも舌を這わせてネトネトとなぞる。

上顎に下顎、内頬に至るまで懸命に舌を蠢かせてベロベロと舐めまわし、ほの甘さを味わいつくしては代わりに己の唾液を塗りこんでやる。

「うむっふむっ……。お口のなかが健太くんのお味でいっぱいよ。ヌルヌルに溶けてしまう……。こんなにも長くキスをされたの、はじめてだわ。舌が痺れる……」

「すみれさんのお口、甘くておいしいよ。ずっと舐めていたくなる……。舌がピクピクしてる。本当に口のなかが敏感なんだね。エッチな女の人はセックスしなくてもイケるって本に書いてたけど、すみれさんもそうなのかな」

口唇奉仕を受けたとき、亀頭の笠で内頬をこそいでやると、なんとも心地よさそうに目を細めていたのを思い出す。

被虐体質を牡の本能で見ぬいた少年は、未知の快感にヒクヒクとおののいている淑女の舌を四方八方からベチョベチョと執拗に嬲りまわす。

さらに右手を仰向けになってもツンとうわむいて形くずれしないふくらみに添え、ムギュッムギュッとくびり出すように芯から揉みしだく。

「んぷあぁっ。そんなに舐められたら、いやらしい疼きがヒクヒクと止まらなくなって……。アンッアンッ。お乳を揉みつぶさないでちょうだい。形が歪んでしまう……ンアァッ」

口では拒みながらも、ロンググローブに彩られた両腕は健太を拒絶し、突き飛ばすのではなく、しどけなく首すじにからまり、キュッとすがりついてきた。

すみれが悦んでいると確信を得た健太は、震えの止まらぬ舌にネロネロと自分の舌をからみ合わせ、夢中になってジュパジュパと激しく吸いたてる。

レース越しにぷっくりと浮かびあがった乳輪を指でグニュッと押しつぶし、ピンとはしたなく勃起した乳首をざらついた布地ごとゴシュゴシュとしごきたてた。

「あむむぅんっ。お乳も舌も、イジメないでぇっ。私、おかしくなってしまうわ。年下の男の子を相手に、こんな……」

「年の差なんて関係ないよっ。僕はすみれさんが気持ちよくなった顔が見たくてたまらないんだ。かわいい声をいっぱい聞かせてよ。キスでイッちゃえっ」

痙攣の止まらなくなった舌の根に、ガブリと噛みつく。

同時に快楽が積もってピンピンにとがった乳首もギュリッとひねりあげた。

その瞬間、目も眩む快感が淑女の肢体を駆けめぐり、鮮烈に爆《は》ぜる。

「ひゅむぅぅっ。イッ……イクゥッ！」

あまりの快感に、ほかに表す言葉が見つからなかったのだろうか。

ピーンとはしたなく舌を突き出したすみれは、ビクビクと全身をわななかせ、絶頂を示す言葉を自ら口にして圧倒的な快楽に呑みこまれた。

「ああっ。すみれさん、僕とのキスでイッちゃったんだ。今日は僕がイカせてあげられたんだ……。うう、うれしいよ。もっともっと、たくさんイッてみせてっ」

年上の淑女を絶頂まで導くことに成功し、健太の胸は感激に満たされる。

だが、まだまだ足りない。

もっと悦びに悶える姿を見せてほしいと、絶頂に痙攣する舌をガジガジと甘噛みし、はじける刺激をくり返し送りこむ。

「ひあぁっ。もう噛まないでぇ。痺れっぱなしで舌がこわれてしまうの。ンアァ、しゃぶりつかないで。またピクピクして……。キスで、イッてしまうわ。健太くんに吸われて、おむむ、はしたなく、イクゥッ」

すっかり弱点になってしまったのか、鋭敏な舌を攻められるたびに、すみれはせつない喘ぎを響かせて、悩ましく身悶える。

年下の少年に翻弄され、淑女は情けなくも泣き声をあげつづけるのだった。

2

ようやく唇を解放されたあとも、すみれはゆるんだ口を閉じることができず、テロリと舌を垂らしたまま天蓋を呆然と見あげていた。

（アァ、信じられないわ。接吻《せっぷん》だけで果ててしまうだなんて。健太くん、ファーストキスだと言っていたのに……。上手というよりも、懸命に隅々まで舐めまわされているうちに、お口が蕩けて舌が疼いて。アァン、なんてはしたない……）

はるかに年下の少年になすすべなく籠絡されてしまい、淑女は羞恥で真っ赤に染まった顔を妖艶なロンググローブに彩られた両手で覆い隠す。

接吻の経験自体はあったものの、どこか汚らわしく思えて、異性の舌の侵入は拒んできた。

こうして互いを貪り合うような淫らなディープキスを交わしたのは、すみれも今日がはじめてであった。

(私の本性は、こんなにもいやらしい女だったの？　それとも……健太くんとの相性がよすぎるのかしら……)

健太に求められると、離縁させられた夫とはまるで違う過敏な反応を肉体が示してしまう。

愛されることを半ば諦めていただけに、運命的な相手に出会えたのは喜ばしいことかもしれない。

しかしそれが半分も年下のあどけない少年となると、己があまりにも貪欲でさもしい女に思えてきて、素直に受け入れられず、戸惑いに瞳が揺れる。

と、考えがまとまるより前に、ふたたび狂おしい快感に襲われる。

驚いて顔から手をはずし、視線を向けると、健太が両の手のひらを左右それぞれの乳房に添え、レースのブラジャーごとグニッグニッと揉みしだいていた。

「ハァンッ。け、健太くん、手を止めてちょうだい。先ほどのキスで、まだ身体が火照ったままなの。いまお乳を触られたら、はしたない声が漏れてしまうわ……。ヒアァンッ。強く揉みつぶさないでぇ」

なんとかたしなめようとするも、柔肉をグニュッと揉みこまれるたびに芯から快感がジーンとしぼり出され、甘ったるい声が漏れて腰がくねる。

拙い愛撫でも大きな反応を示してくれる淑女を、健太はうれしそうに見つめる。

「気持ちよさそうな声……。オッパイを揉まれるの、好きなんだね。揉めば揉むほどやわらかく蕩けてくるよ。手のひらにペットリと貼りついて、指がズブズブ沈んでく……。もっともっと気持ちよくしてあげるね」

言葉よりも肉体の反応こそが女の本音だと見ぬいたのか、健太は手を止めるどころか、ますますグニグニと柔乳を揉みたくる。

悩ましい形に乳房がひしゃげるほど、鮮烈な快感がグングンと引きあげられる。

「アンッアンッ。お乳をイジメないで。熱いのよ……爆ぜてしまう」

(アァ、なんて情けない女なの。こんなあどけない男の子にいいように弄ばれて、淫らに泣いて、喘いで……。けれど、身体が応えてしまうの。健太くんになら、はしたない姿を見せてもいい……。いいえ、さらけ出したいとすら思えてしまうのっ)

小さくも力強い手から逃れるそぶりも見せず、言葉とは裏腹にグッと胸を差し出し、さらなる愛撫をせがんでしまう。

健太は夢中になって豊乳を揉みたくる。

柔肉は芯から蕩けてゆき、ブラジャーのレース越しにぷっくりと淫猥に乳輪がせりあがってゆく様子がまる見えとなる。

「うう、すみれさんのオッパイ、なんだかとてもおいしそう……。子供っぽいかもしれないけど……食べちゃおう」

揉みこまれて赤くなった乳房へ釘づけになった健太が、ブラジャーに手をかけグイと引き下ろす。

ブルンッとふたつの塊が勢いよくまろび出ると、大口を開けてムチュリと左の乳房へむしゃぶりついた。

「ハアァンッ。お乳を食べてはダメェッ」

愛撫により染み出た快楽がたまって疼く乳輪をジュパジュパと激しく吸いたてられ、すみれは肢体を仰け反らせて悶絶する。

少年は逃がさぬように右の乳房を左手でつかみ、じかにグニュグニュと揉みしだく。

だらしなく顔をゆるませ、夢中で豊乳をしゃぶりたてる。

「ああ、やわらかくてほんのり甘いお肉が口いっぱいにひろがって、蕩けそうだよ。ずっとしゃぶっていたくなる……」

乳肉を味わうだけでは飽き足らず、せり出した乳輪を舌でベロベロと舐めあげ、勃起した乳首をチュウチュウと吸引する。

幾度も引きあげられる鮮烈な快感に、すみれは黒髪を振り乱して身悶えた。

「アンッアンッ。お乳が疼くわ、先っぽが痺れるの。張りつめて、はじけてしまいそう。おかしくなってしまうわ。お願いよ、もう許してぇ」

せつなく身悶え、泣いて頼んだが、かえって若牡の獣欲を駆りたててしまい、愛撫はより執拗さを増す。

「本当だ。乳首、ピンッピンにとがってるよ。ヒクヒク震えっぱなしで、すごくエッチだ……。今度はオッパイでイカせてあげるね。いっぱい感じまくってよ」

許しを乞うたことで逆に、弱点が露呈するかたちになる。

とがった乳首をカジカジと甘噛みされ、コシュコシュと指でしごきたてられ、鮮烈な快感がひっきりなしに襲ってきて、惑乱させる。

「アッアッ。ダメよ、ダメ。ピクピクが鎮まらないのよ。これ以上みっともない姿をさらしたくないの。もう堪忍して。私をこれ以上、狂わせないでちょうだい」

「みっともなくなんてないよ。すみれさんの気持ちよさそうな声を聞いていると、とても幸せな気分になるんだ。ほら、触ってみて。チ×ポもずっとビンビンになりっぱなしなんだよ」

少年が手首をつかみ、反り返る若竿を握らせる。

ひっきりなしに垂れる多量のカウパーで肉幹はネトネトにぬめっており、薄い布地に包まれた手のひらをジュクジュクと汚す。

狂おしい興奮がジンジンと伝わってきて、すみれは振りはらうこともできず、手を放せなくなる。

（ンアァ。健太くん、すごく興奮しているわ。射精したくてたまらないって、オチ×ポがビクビクと訴えかけてきている……。それなのに、自分のことよりも私を悦ばせるのを第一に考えてくれているのね……）

献身的な愛撫に、肉体だけでなく心もキュウンとせつなく疼く。

淫らにふるまい、幻滅されるのを怖れて、必死に快感に抗っていたが、ほかならぬ目の前の少年が、すべてをさらけ出した姿を望んでいるのなら。

いつしかすみれは恥じらいを捨て、拙くも執拗な健太の愛撫に素直に反応を返し、甘ったるい声をあげる。

「アンッアンッ。すごいわ。お乳をイジメられるのがたまらないの。アァ、信じてちょうだい。こんなに疼いてしまうのは、はじめてなの。あなたが私をいやらしい女にしたのよ。アッアッ、声が抑えられない、ぞわぞわとあの感じが昇ってきて……」

しっとりと瞳を潤ませて恨みがましく見あげるすみれに、健太は満足げな笑みを浮かべる。

「そんなに感じてくれるなんて、うれしくてたまらないよ。またあの声を聞かせて。オッパイでイッちゃえっ」

快感が集まり、はしたなくふくらんだ乳首に、健太がガブリと歯を立てる。同時にもう片方の乳首も、グニュウッと指で力いっぱい押しつぶされた。

「アヒイィッ。イクッ、イクのっ。お乳でイクゥーッ！」

限界までふくれあがった快楽が、パチンと盛大にはじけ飛び、すみれは絶頂の泣き声を響かせる。

声を殺すのではなく味わったすべてを卑語に乗せて吐き出すことで、脳が羞恥と興奮でカァッと燃えさかり、めくるめく深い絶頂感に呑みこまれてゆく。

(アァ、私、なんて無様な姿をさらして……。でも、もう自分を抑えられないの。健太くんにすべてをさらけ出したい、はしたない声を聞いてほしいっ。私はあなたの手で、絶頂を迎えているのよっ)

若竿から手を放して健太の頭にしがみつき、快感が渦巻いてはじけそうな乳房をあどけない顔へギュムッと押しつけて喘ぎ、悶える。

「むぷぷっ。すごいよ。オッパイがアツアツに蕩けまくりで、谷間からすみれさんの匂いがムンムン溢れてるっ。ああ、クラクラしてきた。もっと気持ちいい声を聞かせてよ。たくさん感じて、イキまくってっ」

健太は官能の汗を大量に滲ませた乳肌にムギュッと顔を埋め、乳房の根元に手を添えて、たまった快感をグニュッグニュッと苛烈《かれつ》にしぼりあげる。

逃げ場を求めて先端へと集まってきた疼きではしたないほどヒクヒクと勃起した乳首を、乳輪ごと交互にジュパッジュパッとむしゃぶり、これでもかと攻めたてた。

「ハヒイィッ。お乳がはじけるっ。イクッ、イクッ、またイッてしまうのっ」

顔を見る影もないほど歪め、年下の少年へ憐れにすがりつく。

健太はグチャグチャになったすみれの顔をなんとも満足そうに見つめ、痙攣の止まらぬ乳首をガジガジとかじってさらなる追い打ちをかける。

「お上品なすみれさんがこんなにも敏感でエッチなオッパイをしてただなんて、興奮が止まらないよ。乳首がピクピク、イキッぱなしだね。もっと吸ったら、ミルクが出てくるかな?」

「アァン、ミルクなんて出るはずないわ。アッアッ、吸ってはダメよ。ますます疼きが止まらなくなってしまうっ。アヒィッ、ハヒイィーッ」

すみれは絶頂中の勃起乳首を強烈に吸引され、快楽に快楽がうわぬりされて、仰け反って悶絶する。

母乳こそ噴かぬものの、秘唇の奥からはプシャップシャッと何度も愛蜜が噴きあがる。

健太のために身に着けた股間を覆う煽情的な下着には、しどけなく秘唇が口を開けて、ヒクヒクとわななく様がくっきりと浮かびあがっていたのだった。

3

幾度も乳房で絶頂を迎えたすみれは、疲労困憊《ひろうこんぱい》といった様子でくたりとベッドに肢体を投げ出していた。

健太はようやく乳房から口を離すと、横たわるすみれの隣に添い寝をする。

唾液に塗れた口のまわりをチロリと舐め、満足げな笑顔を浮かべた。

「すみれさん、おっぱいでたくさんイッちゃったね。それじゃ……次は、こっちを気持ちよくしてあげるね」

ニカッと無邪気に笑い、力が入らずカパッとはしたなく開いたままの股間へ手を伸ばす。

濡れそぼった薄布がペットリと貼りついた恥丘をプニプニと指でつつくと、すみれはビクンと肢体を震わせる。

「アァ、ま、待ってちょうだい。これ以上は本当に、おかしくなってしまうわ。お願いよ。少し休ませて……」

驚愕《きょうがく》の表情で健太を見つめ、這いつくばってもぞもぞとベッドの上を逃げ出そうとする。

しかし健太はすみれのくびれた柳腰に両腕をまわしてグイと引きよせ、四つん這いになった淑女の股間にムチュウウッと熱く吸いついた。

「ンハアァッ。そ、そんなところにお口をつけてはダメよ。汚いわ」

「すみれさんに汚いところなんてないよ。ああ、オッパイよりもずっと濃いエッチな匂いが、ムンムンしてる」

生唾を飲みこみ、恥丘を守る下着をクイとたやすく脇にずらす。

露になった蜜の滴る秘唇へ指を添え、左右にクニィと引っぱる。

すると真っ赤になった媚肉がクニクニと蠢く様が白日の下にさらされ、健太は湧きあがる興奮に若竿をブルブルと震えあがらせた。

「イヤァ、見ないでちょうだい。ハヒィンッ。息を吹きかけないで。敏感なのよ」

「わかるよ。軽くフーッてしただけで、くすぐったそうにオマ×コのお肉がウネウネしてるもの。ジーッと見ていると、どんどんクチュクチュと濡れてくるよ。とっても恥ずかしがり屋なんだね」

羞恥にフリフリと尻を振って悶える淑女を逃がさず、じっくりと視姦してゆく。ムワムワと醸される女の匂いに、男の本能を呼び起されるのを感じる。

健太は大きく舌を垂らし、剥《む》き出しになった、わななく媚肉をベロリと舌で舐めあげた。

「アヒィッ。舐めてはダメッ。アンッアンッ。舌を止めてぇっ」

ぬめる快感に身悶える淑女だが、ひと舐めごとに力が抜けてしまうのか、這って逃げることもできず、肉尻を揺らすばかりである。

健太は存分に媚肉をベロベロと舐めまわし、滴る愛蜜をジュルジュルと啜り、女の味を存分に堪能しつくす。

「舐めれば舐めるほど、ヌルヌルが奥から溢れてくる……。匂いもどんどん濃くなって、酔っぱらっちゃいそう。かわいい声が漏れっぱなしだよ。舌やオッパイ以上に、オマ×コって敏感なんだね。もっともっと舐めてあげるね」

「アッアッ、ハアァンッ。健太くんの舌、いやらしすぎるわ。オマ×コが蕩けて、ンッンッ……はしたないおつゆが止まらないの。は、恥ずかしい……」

すみれは羞恥で耳まで真っ赤になり、人さし指を噛んでなんとか喘ぎ声を抑えようとする。

しかし意志とは裏腹に媚肉は舌愛撫を喜んで受け入れ、ねぶるたびに甘ったるい声が寝室に響きわたる。

しばし夢中になって媚粘膜を舐めまわしていると、ふと視界に、包皮からチョコンと顔を出した真っ赤な肉真珠が映った。

ピクピクともどかしげに震える紅玉に興味を惹かれた少年は、唾液まみれの口でムチュリと吸いついてみる。

その瞬間、すみれは大きくおとがいを反らせてビクビクッと悶絶した。

「アヒイィッ。そ、そこはダメェッ」

「わわっ、すごい反応。ここ、たしかクリトリスって言うんだよね。とびきり敏感なところだって雑誌に書いてあったけど、本当みたい。いっぱいイジメちゃうね」

品のある年上の淑女を手玉に取るのが楽しくなってきた健太は、新たなる弱点を見つけ、ニッといたずらっぽく笑う。

指で包皮をキュッと剝きあげて、鋭敏な肉突起をまる裸にすると、フーッと吐息を吹きかけては、ヒクヒクとわななく様を目で愉しむ。

指でコシュコシュと擦りたて、レロレロと舌で舐めまわし、淑女をどこまでも快楽で追いこんでゆく。

「アンッアンッ、ヒアァッ。健太くん、ゆるしてちょうだい。お豆がはじけてしまいそうで、苦しいの。これ以上攻められたら、本当にこわれてしまうから……」

四つん這いで尻を突き出したまま髪をかきむしって乱れるすみれに、健太はゾクゾクと嗜虐的な興奮を駆りたてられる。

憐憫《れんびん》を誘う懇願を受け入れるどころか、さらなる肉攻めで徹底的に泣かせる。

肉の真珠をついばみつつ、わななきの止まらぬ秘唇にズブリと指を挿し入れ、ネットリと濡れそぼる媚粘膜を指でヌチュヌチュと撫でまわす。

「はくうぅっ。お豆を吸いながら、オッオッ、オマ×コのなかまでほじるだなんて。んひあぁっ……。くひぃぃっ。ああ、もうダメ。身体がバラバラになりそう……」

「オマ×コ、パクパクしっぱなしだよ。ナカのお肉がヤケドしそうなほど熱くなってて、お汁がいっぱいで指がふやけちゃいそうだ。もうすぐイキそうなんだよね。今度はオマ×コでイッて、最高にエッチな声を聞かせてよっ」

女の最も恥ずかしい部分を制圧して絶頂に導けたなら、淑女のすべてを己のものにできるはず。

確信めいた想いに突き動かされ、健太は陰核を吸いたてる。

媚肉をなぞりあげ、快楽を何層も積みあげて、すみれを絶頂へと追いたてる。

やがて膣の上壁あたりを撫でていた指先が、突起の密集した部分を探りあてる。

そこが女の急所だと牡の本能で理解した健太は、真っ赤に充血した陰核にカリッと歯を立てるとともに、見つけた性感帯を指の腹でグリグリと撫でさすった。

その瞬間、キュムムゥッと悩ましく蜜壺が収縮する。

「オヒイッ。オマ×コ、イクウゥッ！」

グパッと淫らに口を開けたままの膣からブシャブシャッと激しく飛沫が噴きあがり、間近に寄せていた健太の顔が蜜でビショビショになる。

「わぷぷっ。ああ、これが潮噴き。女の人がいちばん気持ちよくなった証拠。いま、僕はすみれさんを、誰よりも感じさせることができたんだ……」

充足感に浸り、勝利の美酒がわりに潮をうっとりと顔で受け止める。

すみれの男性遍歴についてはなにも知らないし、怖くて尋ねることもできない。

それでも貞淑な年上美女をここまで悶え乱れさせることができたのならば、きっと彼女の記憶に残る存在になれたに違いない。

そんな安堵とともに、絶頂の余韻でヒクつきの止まらぬ媚粘膜を愛おしそうにクチュクチュと撫でつづけたのだった。

4

調子に乗りすぎてしまっただろうか。

潮噴き絶頂を迎えたすみれはしばしベッドに突っ伏していたが、いつしか小さく身体をまるめて両手で顔を覆い、シクシクと啜りあげはじめた。

「うう……。ひどいわ、健太くん。何度もやめてと言ったのに、あんなにも恥をかかせて……」

いやよいやよも好きのうち、というどこかで耳にした格言を信じて淑女を攻めつづけた少年だったが、まさか泣かれてしまうとは思わず、激しく動揺する。

「ご、ごめんなさい。気持ちよさそうな声をたくさんあげていたし、きっと悦んでくれているとばかり思って……」

先ほどまでの牡としての自信に満ちた表情はどこへやら、すっかりシュンとしょげ返る。

もし本当に嫌われてしまっていたらと思うと、胸が張り裂けそうになり、俯いたまま顔を上げられない。

どう弁解してよいかわからず、押し黙っていると、すみれにとつぜん両手首をつかまれ、ベッドへ仰向けに押し倒された。

「私の情けない姿をたくさん見たんですもの。健太くんにも、恥ずかしいところをたくさん見せてもらっちゃうんだから」

少女のようにぷうと頬をふくらませて、どこか愛らしい怒り顔を見せたすみれが、のそのそと腰に跨ってくる。

執拗な愛撫でたっぷりとぬかるんだ蜜壺の入口をロンググローブに彩られた細く長い指でクニィと自ら割り開くと、自分からズプズプと若竿を咥えこんできた。

「うくあぁっ。オマ×コ、トロトロすぎるよぉっ。気持ちよすぎて、もう出ちゃうっ。イクッ。ザーメン、出るぅっ！」

次に情けない声をあげたのは、健太のほうだった。

淑女の肉をさんざんに味わいつくし、甘ったるい嬌声を聞かされつづけたことで、射精欲求はすでに破裂寸前まで高まっていたのだ。

ぬめり蕩ける蜜壺に包まれた若竿はあっという間にめくるめく快楽に呑みこまれ、健太はすみれにギュッとしがみつき、ビュルビュルと精液を撒《ま》き散らす。

「アハアァンッ。健太くんの熱いお汁が、お腹のなかでドピュドピュとはじけているわ。私のオマ×コで、イッてしまったのね……うふふ」

先に何度も達していたことで、少し余裕があったのだろう。

すみれは媚肉にたたきつけられる熱い飛沫にピクピクと身悶えながら、絶頂に翻弄される少年の情けない顔を見つめて、うれしそうに頰をほころばせる。

射精が鎮まっても尻を上げようとはせず、大量の残滓でますますドロドロにぬかるんだ蜜壺で、ヌチュヌチュと若竿を包みつづけた。

「あうぅ。すみれさん、オマ×コをウネウネさせないで。チ×ポ、射精したばかりで敏感なんだ」

「私はなにもしていないわ。きっと誰かさんにイジメられすぎたせいで、勝手にオチ×ポに吸いついてしまういやらしいオマ×コになってしまったのよ」

どこか妖しく瞳を濡らし、ロンググローブに包まれた手のひらでペタペタと健太の顔を撫でまわしながら、耳元で淫靡に囁く。

ツルツルとした感触がなんとも心地よく、だらしなく表情が蕩けてしまう。

「かわいらしい顔。さっきまで年上のお姉さんをさんざんにイジメていた悪い男の子だとは思えないわ」

「ご、ごめんってば。僕はただ、すみれさんに、気持ちよくなってほしくて……んむむ」

言い訳する口を、ぽってりと悩ましい淑女の唇がムチュリと塞ぐ。

チュバッチュバッと甘やかに吸いたてられていると舌がじんわりと痺れ、次第に言葉を発するのが億劫《おっくう》になってくる。

「今度は、私が大人のキスをしてあげる。健太くんのすべてを、食べちゃうんだから……」

舌がペチョ、ペチョと口内を遠慮がちに舐めてくる。

明らかに慣れていない舌遣いはもどかしくもあったが、健太は自分から舌をからめはせず、黙ってすみれの愛らしい攻めを受け入れる。

「お口のなか、すっかりネトネトね。気分はどう？」

「すみれさんの味でいっぱいで、蕩けちゃいそうだよ」

うっとりと呟く少年を目を細めて見つめ、淑女は舌にチュウッと吸いつく。

チュルチュルと口内から舌先を引っぱり出し、チュパッチュパッとはしたなくも音を立てて吸いたてる。

性感帯と化した舌への甘やかな刺激に、健太はカクカクと腰を震わせた。

「あぁっ、まるで舌にフェラチオされてるみたい……。舌フェラ、すごいよぉ。僕もすみれさんみたいに、キスだけでイッて射精しちゃいそう」

健太の漏らした卑語に、己がいかに卑猥な行為をしているのか自覚したか、淑女の頬がカァッと赤く染まる。

それでも舌吸いはやめず、蜜壺でもムチュムチュと若竿をしゃぶりたてる。

「舌フェラだなんて、またいやらしい言葉を使って……本当にいけない子ね。オチ×ポも、私のナカでビクンビクンと暴れているわよ。さっき出したばかりなのに、またドピュドピュしたいの？」

布地に包まれた指先でツツーと淫靡に少年の頬を撫で、上目遣いに問われる。

健太は素直にコクコクと頷き、白濁まみれの蜜壺へピュルッとカウパーを漏らす。

「うん、したいよ。すみれさんと大人のキスをしながら、オマ×コのなかで思いっきりイキたい……」

しかし願いを叶《かな》えてくれる思いきや、唇がスッと離れてゆく。

さらなる接吻をねだってみても、レロレロと舌をくねらせてみても、クスクスといたずらに笑うだけである。

健太の頬をサワッサワッと妖しい手つきで撫で、耳元へ唇を寄せてそっと囁く。

「うふふ。まだダーメ……。簡単にはイカせてあげません。お姉さんをたくさんイカせた罰よ。私がいいと言うまで、健太くんはイッちゃダメ」

「あうぅ、そんなぁ……。うはぁっ、耳まで舐めるなんて。ネトネトの舌、いやらしすぎるよぉ」

射精を禁じられてしょげる少年の耳を、濡れた舌先がチロチロと這う。

耳たぶを食《は》まれ、耳の穴にまでツプツプと舌先を挿しこまれて、脳が直接かきまわされているような錯覚に陥り、健太はピクピクと悶える。

だらしなく喘ぐ少年をすみれは満足げに見つめ、唇をあどけない顔へ寄せる。

チュバッチュバッとキスの雨を降らせ、チュウチュウと吸いついて無数のキスマークを刻み、少年を己のものとしてゆく。

「うあぁ……そんなにキスされたら、僕、おかしくなっちゃうよ」

「いいのよ。おかしくなりなさい……。私をいやらしい女に変えてしまったんだもの。あなたも、もう私しか見えないようにしてあげる……」

接吻だけでは飽き足らず、はしたなくも大きく舌を垂らして健太の顔をネロッ、ネロッと舐めあげる。

塗りつけた唾液をロンググローブに付着するのもかまわず手のひらでネチャネチャと塗りひろげ、艶然と微笑む。

まるでマーキングされているかのようで、健太はゾクゾクと倒錯的な興奮を覚える。

「ああっ、顔じゅうがすみれさんのネトネトでいっぱいだよ。チ×ポもグチュグチュのオマ×コにもぐもぐされっぱなしで、本当に破裂しちゃいそう。お願いだよ、すみれさん。チ×ポをイカせて、射精させてよっ」

こみあげる射精欲求が抑えきれなくなった健太は、セクシーなランジェリーを纏った肢体にギュウッと抱きつき、必死で懇願する。

ムチュッムチュッと何度も唇を押しつけて訴えかけると、すみれはクスリと笑みを漏らし、頭を優しく撫でてくれた。

「仕方のない子ね……。いいわ、私のナカでドピュドピュなさい。でも、自分から動いてはダメよ。じいっと我慢して我慢して、どうしようもなくなったら、オマ×コにビュルビュルするの。わかった？」

そう言い含め、すみれがふたたび上からムチュリと唇を塞ぐ。

快楽を求めて突き出された健太の舌にネロネロと舌をからめ、膣襞を肉棒に擦りつけるがごとく、ネチャッネチャッと擦り合わせる。

媚肉の蠕動も活発さを増し、ニュブッニュブッと若竿を淫猥に揉みしぼり、グングンと精液を引きあげてゆく。

いますぐ腰を振りたくり、蜜壺のぬめる感触を味わいつくしたい衝動に駆られるも、健太は必死で言いつけを守り、もどかしくも狂おしい快楽に耐えしのぶ。

少年の従順さに応えるように、すみれは貞淑さをかなぐり捨てて淫猥にふるまう。

ゆるやかに尻を上下させ、自分から媚肉を若竿に擦りつけて性交の快感を送りとどけてくれる。

濃厚な接吻により奏でられるピチャピチャと淫靡な汁の音と、白濁の詰まった蜜壺が若竿を呑みこんでは吐き出すジュポジュポと卑猥な響きが混ざり合う。

やがて射精衝動が限界までふくれあがる。

「くあぁっ。もう我慢できないっ。イクよ、すみれさん。いっしょにイッて！」

健太は右手をすみれの後頭部にまわしてグイと美貌を引きよせ、ブチュリと深く唇を塞ぎ、ベットリと舌と舌を重ね合わせる。

左手は尻たぶにまわしてグニッとわしづかみにし、下からズンと腰を突きあげて、膣奥へ盛大に劣情を解き放った。

「おむむぅっ。ぷあぁっ、出てるわ、ザーメンッ。イクッ。あむむ、健太くんといっしょに……イクゥゥッ！」

最後の最後に主導権を奪われ、ドビュッドビュッと灼熱の白濁を膣奥に打ちこまれて、すみれは目を白黒させながら強烈な絶頂に呑みこまれる。

圧倒的なまでの射精感に酔いしれるだけでなく、舌どうしを唾液が泡だつほどにからませ合い、蕩ける接吻の快楽も同時に味わう。

二連続の膣内射精は完全に器の容量を超え、蜜壺と子宮を特濃の精液でドロドロに埋めつくしただけでは足りず、結合部からドパドパと残滓が溢れ出した。

しばし少年と淑女は密着したまま溶け合って絶頂に浸っていた。

やがて長い射精がようやく鎮まると、ひしゃげるほど強く重なっていた唇をすみれがゆっくりと離す。

舌と舌のあいだには名残惜しそうにトロリと淫靡なアーチがかかり、ほうっと熱く湿った悩ましい吐息が漏れると同時にプツリと切れた。

「ハァン……。じっとしていてと言ったのに。結局また健太くんに、情けなくイカされてしまったわ。私のほうがずっと年上なのに……」

拗ねたように呟く愛らしい淑女に、健太はニッと笑みを返す。

「情けなくなんてないよ。すみれさんのキスもオマ×コもすごくて、僕、信じられないくらいいっぱい射精しちゃった。まだチ×ポ、痺れてるよ。大人の女の人って、やっぱりすごいんだね……」

憧れの眼差《まなざ》しを向ける健太に、すみれはポッと恥じらいで頬を染める。

「はしたない女だと思わないでね。自分からキスをしたのも、男性に跨ったのも、はじめてなのよ。相手が健太くんだから……」

うれしい告白に、少年の胸がカァッと熱くなる。

もっともっと、この極上の美女を味わいつくし、自分だけのものとしたい。

若竿を引きぬかず、結合したままゴロリと体を入れかえると、今度は健太が上からすみれに覆いかぶさる。

白濁まみれの媚粘膜に半萎えの若竿をズリッズリッと擦りつけて性交の余韻を愉しみ、ふたたびムチュリと唇を塞ぎ、ネロネロと唾液に塗れた舌をからませる。

「アァン。まだするつもりなの。これ以上は無理よ。もう身体に力が入らないの」

「だって、ザーメンでヌルヌルになったオマ×コ、チ×ポが溶けちゃいそうなくらい気持ちいいんだもの。まだまだ味わっていたくて、たまらないんだ……。すみれさんはじっとしてて。今度は僕ががんばるね」

快楽の余韻にピクピクとわななく淑女のロンググローブに包まれたたおやかな手を、指と指をキュッとからませてしっかりと握る。

早くも硬度を取り戻した若さあふれる絶倫肉棒で、ゾリッ、ゾリッとぬめる媚肉をなぞりあげれば、すみれはせつなそうに唇を開いて甘い声を漏らした。

「アンッ……アンッ。アァ、またこんなに硬くなって……。擦られるたびに、ハァン、オマ×コがいやらしくすがりついてしまう……。私、どんどん弱い女になってゆくの……」

戸惑いに瞳を揺らしながらも、すみれはしっかりと手を握り返してきた。

互いのすべてを見せ合い、絆《きずな》を深め合った少年と淑女は、さらなる深いつながりを求めて、いつまでも溶け合うようにまぐわいつづけたのだった……。

第五章　オッパイにお仕置き

1

八月四日。

今日も健太はすみれの屋敷を訪れていた。

年上の恋人ができたことにより、健太は最高の夏休みを過ごしていた。

といっても、正式に告白したわけではない。

一方ですみれは、ふとした瞬間にどこか遠くを見つめ、憂いを帯びた顔で小さな溜息を漏らす回数が増えていた。

「すみれさん……すみれさんってば」

「えっ。あ、あら。どうしたの、健太くん」

夏空を雲がゆったりと流れる様子をぼんやりと眺めていたすみれが、慌てて返事をする。

中庭のパラソルの下に設置されたガーデンテーブルで、健太とすみれはしばし午後のティータイムを楽しんでいた。

しかしいくら話題を振っても反応が薄くなり、焦れた健太が手首丈の白い手袋に包まれた淑女の手をギュッと握って意識を引き戻したのだ。

「もう。聞いてなかったの？　来週の土曜日に近くの神社で夏祭りがあるから、いっしょに行こうって誘ったのに」

「そうだったわね。来週の土曜日……」

反芻《はんすう》したすみれの表情が、わずかに暗く沈む。

「もしかして、予定があった？」

残念そうに尋ねる健太に、すみれはフルフルと頭を振り、ニコリと微笑んで手を握り返す。

「いいえ。お祭り、いいわね。そういった催しに参加したことがないから、楽しみだわ」

呟くすみれに、健太は驚いて目をまるくする。

「ええっ。お祭りに行ったことないの？　浴衣姿とか、絶対に似合いそうなのに」

そうは言ったものの、目の前で穏やかにたたずむ上品な令嬢が、屋台で買い食いをしてはしゃぐ姿が想像できないのも確かだった。

「じゃあ、僕が案内するよ。お祭りの楽しみ方を教えてあげるね」

「まあ。それは頼もしいわね。よろしくお願いします、健太先生」

頼もしそうにこちらを見つめ、すみれは手の甲をサワサワと撫でてくる。

健太は照れ笑いを浮かべて頭をかく。

「へへっ。任せてよ。お祭りの締めで打ちあがる花火がよく見える秘密の場所も、案内してあげるね」

はしゃぐ健太を、すみれはどこか眩しそうに見つめる。

そして不意に、重ねられた手にキュッと力がこもった。

「あのね、健太くん……じつは、話しておかなくてはいけないことがあるの」

「へっ？　な、なに、話したいことって……」

いつになく真剣な声音に、健太は緊張した顔で、まっすぐに見つめ返した。

「うわあ……。すごく似合ってるよ、ドレス姿。本物のお姫様みたいだ……」

屋敷内へ戻り、しばしリビングで待つように言われた健太は、着がえを終えて現れた淑女を目《ま》の当たりにして、感嘆の声をあげた。

すみれはなんとも華麗な真紅のイブニングドレスを身に纏っていた。

華奢な肢体にフィットした、光沢のあるシルクでノースリーブのドレスは、見る者の視線を惹きつけてやまない。

その場にたたずんでいるだけで、まるで花が咲いたかのような印象を与える圧倒的なまでの華々しさに、本来ならば住む世界の違う存在なのだと改めて痛感する。

なんだか気後れしてしまい、近くに寄ることもできず、ソファにちょこんと腰かけたままもじもじする。

するとヒールの高いパンプスを優雅に履きこなしたすみれが、コツコツと小さな足音と立てて、彼女のほうから近づいてきた。

艶やかな黒の肘上ロンググローブに彩られた手のひらをスッと少年の前へ差し出し、高貴な淑女がニコリと華やかに微笑んだ。

「お客様、一曲踊っていただけませんか」

美女のお誘いに、しかし健太はどう返事をしてよいかわからず、手を握り返すことができない。

「うう。僕、パーティーで踊るようなダンスなんてしたことないよ」

一度は伸ばしかけた手を引っこめると、すみれがさらに腕を伸ばし、キュッと手を握ってきた。

「いいのよ、形なんてどうだって。私が健太くんと踊りたいの。ダメかしら？」

ふだんの薄化粧とは違い、しっかりとメイクを施した淑女の面差しは、息を吞むほどの美しさである。

断ることなどできるはずもなく、やわらかな手をギュッと握り返して立ちあがる。

老執事が気を利かせてかけてくれたのだろうか、いつしかリビングにはゆったりとしたワルツが流れはじめる。

健太は左手を淑女のくびれた腰にそっとまわし、導かれるままぎこちなく足を運ぶ。

ヒールを履いているせいか、すみれはいつもよりも背が高く感じられる。

目線の先では、ざっくりと開いたドレスの胸元からのぞくたわわなふくらみが、ステップを踏むたびにフルフルと悩ましく弾んでいた。

何度もナマの乳房は目にしているものの、華やかなドレス越しだといっそう魅惑的に見えて、目が釘づけになってしまう。

「こら、胸ばかり見てはダメよ。本当にエッチなんだから」

すみれは踊りながらそっと唇を寄せ、どこか楽しげにたしなめる。

「あう。ご、ごめんなさい。でも今日のすみれさん、いつも以上にセクシーで、いい匂いがして……どこを見たらいいかわからないよ……」

首すじからふわりと薫る大人の香水が、少年の胸をドキドキと震わせる。

真っ赤になって俯く健太を、すみれは微笑を浮かべてリードした。

「ドレスを着て踊るパーティーなんて、本当にあるんだね。漫画やゲームみたい。やっぱり、すみれさんってお嬢様なんだ……」

すみれの話とは、週末にどうしても参加しなくてはならないパーティーがあり、屋敷を留守にするという報告だった。

高嶺《たかね》の花である美女と知り合えた奇跡に感謝し、健太はうっとりと熱い視線を送る。

だが、すみれは自嘲ぎみに微笑むだけである。

「お嬢様だなんて、もうそんな年ではないわよ……。私からすれば、この自然に囲まれた素敵な村であなたと楽しい時間を過ごせたことのほうが、よほど物語のようだったわ……」

その口ぶりがあまりに寂しげに思えてならず、健太は足を止めてギュッとすみれに抱きついた。

「アンッ。そんなにギュッとしてはダメ。ドレスがしわになってしまうわ。もしかして……またエッチなこと、したくなってしまったの？　いけない子なんだから」

ツンと頬をつついてからかうすみれに、健太はしがみついたままブンブンと頭を振る。

「違うよっ。そうじゃなくて……すみれさん、パーティーのために都会に帰ったら、そのまま戻ってこなかったりしないよね。また……会えるよね？」

眩しいドレス姿によって、あまりにも手の届かぬ存在に思えてしまったせいだろうか。健太はロンググローブに覆われたすみれの二の腕をギュッと握りしめ、すがるような視線を向ける。

少年の真剣な顔に困惑の表情を浮かべたすみれであったが、穏やかな微笑を浮かべ、開いたドレスの胸元に健太の頭をギュッと抱きよせた。

「……もちろんよ。ちゃんと戻ってくるわ。もっと健太くんといっしょに過ごしたいもの。そんなに心配なら……いっしょにパーティーに参加して、私をエスコートしてくれる？」

そう囁いて、いたずらっぽく見つめるすみれに、健太はドキリとする。

「えっ。い、いいの？　うーん……やっぱりやめておくよ。僕なんかがいっしょにいたら、すみれさんに恥をかかせちゃうし。パーティー、楽しんできてね」

本当は、いっしょについていきたい。けれど、きらびやかな場所で自分の知らぬ淑女の一面を目の当たりにすることで、魔法が解けてしまうのが怖かった。

想いを呑みこんで卑屈な笑みを浮かべる健太を、すみれはどこか寂しげな表情を浮かべて見つめたのだった……。

2

そして週末の土曜日、八月五日。

午後になり、いつものように自転車で高台にある別荘へとやってきた健太が目にしたのは、ひっそりと静まり返った篠宮家所有の豪邸であった。

「誰もいないみたい……。そりゃそうだよね。都会に戻るって、聞いていたとおりじゃないか」

訪れたとうぜんの結果に、健太は己に言い聞かせるように呟き、自嘲ぎみな笑みを浮かべる。

それでも、胸を襲う寂しさと言いようのない不安がどうにも抑えきれず。

背負っていたリュックから、すみれに手渡された、彼女が愛用している白い絹手袋を取り出し、そっと染みついた残り香を嗅ぐ。

「すみれさん……きっと、戻ってくるよね……」

鼻腔を満たすほの甘い大人の女性の薫りに、ざわめいていた胸が少しだけ落ちつきを取り戻す。

預かった手袋は、染みひとつなくきれいなまま。

以前のように劣情に任せて穢してしまう気にはどうしてもなれず、大切にしまっておいたのだ。

この夏のあいだに味わってきた淑女の手の温もりを思い返しつつ、すべらかな布地をそっと撫でる。

改めて手袋をリュックにしまいなおし、ふたたび自転車に跨り、その場をあとにしたのだった。


翌日。

もしかして早く帰ってくるのではないかと、健太は昼すぎから夕方まで、門前ですみれを待っていた。

しかし彼女を乗せた老執事の運転する黒塗りのリムジンは、ついぞ姿を現すことはなかった。


翌々日。

パーティーに参加したのち一泊してこちらへ戻ってくると聞いていたため、きっと昨夜のうちに帰還しているはずと、健太は胸を弾ませて自転車を漕ぎ、高台へと向かった。

だがこの日も屋敷は人の気配がなく、静寂に包まれていた。

しばし呆然と立ちつくしていた少年は、やがて門に背中を預けて、力なくしゃがみこむ。

きっと帰ってきたすみれが声をかけてくれるはずと膝を抱えて炎天下のなか待ちつづけたが、この日もまた太陽が沈むまで待ち人が現れることはなかった……。


八月八日。

すみれが屋敷を去ってから三日が経っていた。

しばらくぶりに空へ曇天がひろがるなか、健太はいつもより早く午前中からリュックを背負い、自転車に跨る。

すると玄関から母親が顔を出し、呼び止めた。

「健太、今日も浩二くんのところに出かけるの。雨が降るって天気予報で言っていたわよ」

母にはすみれとの逢瀬についてもちろん話していない。

浩二が旅行から帰ってからは彼の家に遊びに行っていることにしており、親友もそれについては了承済みだ。

「うん。どうしても、行かなくちゃいけないから……」

ハンドルを握り、俯いたまま、健太は己自身に言い聞かせるように呟く。

「そうなの。本当に仲よしねえ。雨に当たらないように、ちゃんと折りたたみ傘を持っていきなさいね」

「わかってる。それじゃ、行ってきます……」

母が見守るなか、健太は不安を振りきるようにペダルを漕ぎ出した。

不安は的中し、この日もまた屋敷の門は固く閉ざされたままである。

奥からは物音ひとつせず、周囲はシーンと静まり返っていた。

「うう、そんな……。戻ってくるって、約束したのに……」

健太はあどけない顔をくしゃくしゃに歪め、ズルズルとその場にへたりこむ。

小柄な体を体育座りでさらに小さくまるめ、膝に顔を押しつけてうなだれた。

「やっぱりあのとき、パーティーについていくって言えばよかった……」

誘いを断った際の寂しげなすみれの顔が脳裏に浮かび、胸がギュッと後悔に締めつけられる。

すみれは都会での華やいだ生活に戻るのを、どこか怖れているように見えるときがあった。

家柄の違いに引け目を感じ、誘いを本気にせずに受け流してしまったが、本当は救いの手を求めていたのだろうか。

意気地のない選択が初恋の人に二度と会えないという最悪の結果を生んだかと思うと、少年は絶望に打ちひしがれた。

やがてポツ、ポツと曇り空から滴が落ちはじめる。

しかし健太はリュックから傘を取り出しもせず、泣き顔を隠すように雨のなかでうずくまりつづけた。

どれくらいの時間、そうしていただろうか。

すっかり体は冷えきってしまっていたが、腰を上げるのも億劫で、雨ざらしになっていると、不意に降りそそぐ滴がピタリとやんだ。

「け、健太くん、どうしたの、こんなところで」

鈴を転がすような声に、会いたさのあまり空耳が聞こえてきたかと、ゆっくりと顔を上げる。

しかしそこにはたしかに、心配そうにこちらをのぞきこむ想い人の姿があった。

背後では黒塗りのリムジンが低いエンジン音を響かせて門前で停車しており、ヘッドライトでこちらを照らしている。

いま屋敷に着いたばかりなのだろう。

「ああ……すみれさん……」

すでに雨は当たっていないというのに、グシャグシャに濡れて歪む少年の顔を、すみれは両手を伸ばし、ふくよかな胸にギュッと抱きしめる。

「あなたと出会うときはいつもずぶ濡れね……。遅くなってごめんなさい。ただいま、健太くん……」

手袋が濡れるのも構わず濡れた髪を撫でてくれる優しい手と、乳房から伝わるやわらかな温もり。

「おかえりなさい、すみれさん……」

恋しさが作り出した幻ではないと確かめるように、健太もまた淑女の身体にひしとしがみつくのだった。


すみれは濡れネズミになった健太を屋敷に招き入れ、すぐに風呂を沸かしてくれた。湯に首まで浸かり、体育座りでまるまっていると、淑女もチャプンと湯船に足を差し入れて腰を下ろし、華奢な肢体で背中からムニュッと包みこんできた。

「アァ、まだこんなにも体が冷えて……。だいじょうぶ？　風邪を引いていないかしら」

「うん。もう平気。すみれさんの身体、とってもあったかいから……」

どうして約束を破り、帰還がこんなにも遅れたのか。

そんな恨み言も、再会の喜びと湯の温かさに溶けて消えてゆく。

なにも言わずにただ心地よい抱擁に背中を預けていると、すみれのほうから訥々と、遅くなった理由を語りはじめる。

「本当にごめんなさい……。本当はもう、戻るつもりはなかったの。あなたの前からも、黙って消えるつもりでいたわ。でも、やっぱり会いたくてたまらなくなって、もう一度予定を整えるのに、時間がかかってしまって……。怒っているかしら」

不安げに尋ねるすみれに、健太は振り向かぬままフルフルと頭を振る。

「ううん。怒ってなんていないよ。また会えたんだもの。それだけでいいんだ」

本心からそう呟く健太を、いたたまれなくなったのか、すみれはますますギュッときつくかき抱く。

あどけない顔を振り向かせ、自分から唇をムチュリと押しつけて、懺悔するかのようにチュバチュバと何度も接吻を捧げた。

「アァン、なんていじらしいの……。ダメよ。そんなに簡単に、許してしまわないで。お願いよ。あなたのような優しい子を傷つけてしまった悪い女には、きちんと罰を与えてちょうだい」

罪悪感に苛《さいな》まれているのか、つらそうに美貌を歪め、折檻《せっかん》を望んでいる。

ここ数日は二度とすみれに会えないのではないかという恐怖で心の余裕がまるでなかったが、淑女の潤んだ眼差しに、久方ぶりにカッと劣情に火が灯る。

「すみれさん……僕に、イジメてほしいの？　本当は、もう会えないんじゃないかと思って、怖くてたまらなかったんだ。だから……不安だったぶん、勝手に力がこもって、ひどいことしちゃうかもしれないよ」

体ごと振り向くと、耳元に口を寄せてそう囁き、湯にタプタプと浮かぶ豊乳を下からギュウーッと強く揉みしぼる。

すみれはパシャパシャと水面を波立たせて湯のなかで仰け反り、ますます瞳を揺らめかせてすがるように健太を見つめた。

「ンハアァンッ。アァ、お乳がジンジンと痺れて……。かまわないわ。もっと私に、あなたを深く刻みつけて。すみれを、台なしにしてちょうだい……」

淑女はそう懇願してムチュリと唇を深く重ね、あえてネロネロと淫靡に舌をくねらせて品のない女を演じ、己を貶《おとし》める。

「わかった。それがすみれさんの望みなら……。パーティーでみんなの目を釘づけにしてきた上品なお姫様に、僕の前でだけ、どうしようもなくいやらしいお姉さんになってもらうね……」

乳首をギュリッとひねりあげ、ガブッと舌の根を嚙んでやると、淑女は被虐に酔いしれて悩ましく喘ぎ、悶え、瞳の端に歓喜の滴を滲ませる。

沸々とこみあげる獣欲に、健太はブルルッと大きく体を震わせる。

気づけば雨による底冷えなどとうに薄れ、愛しの淑女を求める狂おしい渇望で全身がカァッと熱く燃えさかるのだった。


入浴を終えると、健太は電話を借り、親友の家に泊まると母に伝えた。

べつだん珍しいことではなかったため、母は特に疑いもせずに外泊を了承してくれた。もちろん浩二にも口裏合わせは頼んである。

親友は快く受け入れ、がんばれよ、と謎のエールまで送られた。

そして夕食をご馳走《ちそう》になったあと、すみれに手を引かれて彼女の寝室へと向かう。

本来は主人を守る立場であるはずの老執事は、健太の行動を咎めはせず、ただ黙って深く頷くだけだった。

先に寝室へと通され、ベッドに腰かけて待っていると、しばらくして着がえを終えたすみれが姿を現した。

淑女は先日披露してくれた、華やかな真紅のイブニングドレスに身を包んでいた。

「ああ、やっぱりドレス姿のすみれさんは上品できれいで、たまらなくセクシーだよ……。ほら、見て。もうこんなになっちゃった」

着飾って現れたすみれとは逆に、健太は借りていたバスローブをはだけて全裸になる。

想い人に会えぬあいだは自慰をする気分にもなれなかったため、睾丸には大量の精液がためこまれて、ずっしりと重そうに玉袋が揺れている。

再会の喜びと美女の煽情的なドレス姿を目にした興奮により、若竿は垂直にいきり立ち、ダラダラとひっきりなしに先汁を垂らしていた。

「ハァン……。オチ×ポ、とっても苦しそう。いま吐き出させてあげるわね……」

濡れた瞳でビクつく若竿を見つめ、悩ましい光沢を放つシルクサテンの黒いロンググローブに覆われたしなやかな腕を、スススッと少年の股間へ伸ばす。

しかし健太は股間に触れられる前にすみれの両手首をそれぞれつかみ、最も触れてほしい場所ではなく、あえて己の顔へと手のひらを重ねさせた。

「まだ触っちゃダメだよ。まずは僕を寂しくさせたぶんだけ、いっぱい撫でてほしいな」

少年の子供っぽいおねだりに、すみれはニコリと微笑んで頷く。

「ええ、わかったわ。健太くんのかわいらしいお顔を、たくさんナデナデさせてちょうだい……」

最高級品質のすべらかな生地に包まれたたおやかな手のひらが、スリッ、スリッと妖しく淫靡に少年の頬を撫でさする。

あまりの心地よさに少年はあどけない顔をたちまちだらしなくゆるませ、情けなく悶え、喘ぐ。

「うはあぁっ。すみれさんの手のひら、スベッスベだよぉ。気持ちよすぎて、撫でられてるだけで射精しちゃいそう……」

言葉のとおり、若竿は触れられてもいないのにブルンブルンと縦に揺れ、尿道口にたまっていたカウパーをピピッと飛ばす。

高価なドレスに粘液が付着し、鮮やかな赤がジクジクと変色してゆく。

「ドレスに染みができちゃった。これじゃもう、パーティーでは着られないね」

「アァ、そうね……お気に入りのドレスだったのに……」

染みのひろがったドレスを、すみれはいやがるでもなく陶然と見つめ、悩ましい吐息を漏らす。

もっと穢したい欲求に駆られるも、自分からは手を伸ばさず、さらなる愛撫を促す。

触れてもらえぬもどかしさでせつなげに尻をくねらせながら、すみれは少年の首すじをスーッと撫でる。

成長途中の体軀を確かめるかのごとく肩や二の腕をサワサワと撫でさすり、胸板にペトッと手のひらを当てると、チュパチュパと乳首を吸いたてはじめた。

「うふふ。男の子もいやらしい気分になると、胸の先がとがってしまうのね」

「くぅぅっ。そ、そうみたい。僕の乳首もすみれさんと同じで敏感になっちゃった」

健太はここでようやく手を伸ばし、ドレスの上から豊乳を撫でまわす。

乳輪の位置を探りあてると、微かにとがった乳首をキュッと摘まんだ。

「ハアァンッ。先っぽ、イジメてはダメよ」

「でも、すみれさんのほうが何倍も感じちゃうみたいだね。オッパイだけでイッちゃうときもあるし。ほら、舌が止まってるよ。僕ももっと気持ちよくしてほしいな」

言葉とは裏腹にもっと攻めてほしいとばかりに胸を突き出すすみれに、健太はあえて手を引っこめて焦らす。

淑女は恨めしげに上目遣いで見つめると、舌を垂らして、ペチョッペチョッと少年の乳首を淫靡に舐めあげ、カジカジと甘嚙みする。

「うあぁっ。なんだかゾワゾワする……すみれさん、ストップ。今度は僕の番だよ」

すみれもまたこの数日でためこんでいたものがあったのだろうか。なんともねちっこい愛撫に、このままでは乳首責めだけで無様に暴発してしまいそうだ。

奪われた主導権を取り返すべく、胸板に添えられた淑女の右手を手に取り、口元を寄せる。

じっと瞳をのぞきこみながら、布地に覆われた手の甲を撫でさすってはチュッチュッと口づけを施す。

「ねえ、すみれさん……このスベスベの手袋をはめた手で、パーティーでは何人の男の人と手をつないで踊ったの？」

接吻だけでは飽き足らず、大きく舌を垂らしてベロッベロッと布地の上に這わせてゆく。

じっとりと湿り気がひろがる不快感に、すみれはフルフルと身をよじる。

「ンアァッ……。だ、誰とも踊っていないわ。声をかけてくる方はいたけれど……ン……誰の手も取らなかったの」

「本当に？　嘘《うそ》をついていないか、確かめるよ……。うん、よかった。すみれさんのイイ匂いしかしないや」

今度は手のひらへと鼻を擦りつけてクンクンと嗅ぎ、ほかの牡の残り香がしないか確かめる。

淑女の手が穢れていないのを確認すると、今度は手のひらも布地ごとベチョッベチヨッと舐めあげた。

「アァン。ほ、本当よ。ダンスの申しこみを受けても、健太くんの顔が浮かんできて、握り返すことができなかったの。あなた以外とはどうしても踊る気持ちになれなくて……ハアァンッ。そんなに舐めまわさないで。手のひらがネトネトに……」

自分以外の男には、この高貴な手を握らせなかった。

すみれの言葉に、健太は胸の奥から溢れる悦びを抑えられなくなる。

舐めるだけでは我慢できず、細くしなやかな指を一本一本咥えこむ。

ジュパッジュパッとしゃぶりたて、上質の布地に唾液をたっぷりと染みこませ、淑女の手をジュクジュクと卑猥に侵食してゆく。

「アァ、どうしてしまったの、健太くん。おしゃぶりをやめてちょうだい。ンッ、ンッ……こんなの、おかしいわ。指がヌメヌメになって、溶けてしまいそう……」

「ピクピク反応してる。やっぱりすみれさんは手も指も、とっても敏感なんだね。いつもスベスベの手袋をスリスリと気持ちよさそうに擦り合わせていたからさ。グチュグチュに汚してあげたらどうなるのか、試してみたかったんだ」

布地ごと右手を粘つく唾液まみれにした健太は、まだ汚れていない左手にも狙いを定める。

大口を開けて五本の指をまるごと咥えこみ、ジュパッジュパッとしゃぶりつくと、すみれは甲高い悲鳴をあげて、ピクピクと身悶えた。

「ヒイィンッ。私のおてて、食べないでちょうだい。アッアッ、ジュルジュルと吸わないでぇ……。手袋に健太くんのおくちの匂いが染みついて、取れなくなっちゃう」

「僕の唾液が染みこんだ手袋をすみれさんがはめていると思うと、すごく興奮する。これでもう僕以外の誰とも、ダンスできなくなっちゃったね」

眩い光沢が見る影もないほど高貴な手袋を汚しつくした健太は、ようやく口を離し、ニッと満足げに笑う。

テラテラと卑猥に光る布地がベットリと貼りついた己の両手を、すみれはフルフルと肩を震わせ、おののいた表情で見つめている。

憧れの淑女を汚しつくす倒錯の興奮により、若竿への刺激は皆無にもかかわらず、健太はこみあげる射精衝動を抑えきれなくなる。

「ああっ、しあげだよ。僕をいっぱい不安にさせた罰だよ。両手を皿のようにしてしゃがむんだ！」

はじめて健太に強い口調で命令され、すみれはビクンッと全身を震わせる。

言われるがまま少年の前にかしずき、両手をうわむかせてくっつけ、皿を作る。

呆然とすみれが見つめるなか、健太は唾液まみれの手袋が貼りついた淑女の手のひらへ亀頭をグリグリと擦りつけ、ブビュビューッと精液をぶちまけた。

「ハアァンッ。アァ、手のひらにドパドパと、たくさんのザーメンが……。なんて熱いの。ずっしりと重くて……。手袋にグチュグチュと染みこんでくる……」

「くあぁっ。僕、すみれさんの手袋をもっと汚してるっ。すごいよ。興奮しすぎてまだまだ出るっ。手袋だけじゃなく、ドレスも汚してあげるねっ」

数日にわたってためこまれた煮えたぎる劣情は、すみれの両手にこんもりと降り積もってもなお収まることはなく。

ゴシュゴシュと若竿をしごきあげるたびにビュバッビュバッと勢いよく噴き出し、華麗なイブニングドレスの胸元やスカートにもベチャベチャと大量にへばりついた。

「ンハアァッ。ドレスまでベトベト……。全身から健太くんの濃いザーメンの匂いが、ムワムワと漂って……。おかしくなってしまいそう……」

久方ぶりの濃密すぎる精臭に悪酔いしてしまったか、すみれは降りそそぐ汚濁から逃れようともせず、うっとりとした顔で穢されてゆく。

健太はたっぷりと長い時間をかけて精液を吐き出しつくすと、手のひらの皿に積もった白濁を呆然と見つめるすみれにそっと囁く。

「ほら、プレゼントだよ。ドロドロでネバネバのザーメンをおいしそうにゴックンするところを、僕だけに見せて。いいよね」

「アァ……これを、舐めろと言うのね。あなたの前で、どうしようもなく淫らでさもしい姿をさらす……それが私への、罰なのね……」

期待に目を輝かせて精飲を促す少年を、穢された淑女は瞳を潤ませて上目遣いに見つめる。

コクリと頷くと手のひらを上にしたまま口元へと運び、唇をつけ、ズズッ、ズズッと品のない音を立てて粘つく白濁を啜りはじめた。

「くうっ。すみれさんがザーメンを啜ってる。うっとりした顔で、おいしそうに……。ああ、こんな姿を見ていいのは、僕だけなんだ。イッたばかりなのに、興奮が鎮まらないよ。もっとやらしいところを見せてっ」

射精の余韻で痺れが残る若竿をガシュガシュと目の前でしごきたて、健太は白濁まみれの淑女にさらなる痴態の披露をねだる。

背徳の興奮に目を血走らせる少年をぼんやりとした顔で見あげたすみれは、口いっぱいにひろがった粘つく牡汁を、クチャッ、クチャッと音を立てて噛んで味わう。

熱い視線を浴び、恍惚《こうこつ》の表情を浮かべてフルルッと肢体を震わせると、ゴクン、ゴクンと喉を鳴らして濃厚な白濁を嚥下してゆく。

「んふあぁ……。ザーメン、とてもおいしいわ。私、男の子のいやらしいお汁をおいしく感じてしまうような、はしたない女になってしまっていたのね……。こんなさもしい本性を知っているのは、あなただけよ。アァ、もっと舐めたい……」

手のひらにこんもりと積もった精液のすべてを啜りあげたすみれは、舌を垂らして白濁の染みこんだ布地までベロッ、ベロッと淫猥に舐めあげる。

さらには先ほどの健太同様に手袋ごとしなやかな指を一本一本チュパチュパとしゃぶっては、精臭まじりの吐息を漏らす。

想像をうわまわる淫猥な姿を目の当たりにし、射精したばかりだというのに、健太は早くも二発目がこみあげてきた。

「ああっ、いまのすみれさん、どんなエッチな本よりもやらしすぎだよ。興奮しすぎて僕、また射精しちゃう。おかわりをあげるから、とびきりやらしくおねだりしてみせてっ」

健太の指示に、すみれは両手のひらをうわむかせて顎に添え、カパッとはしたなく口を開き、垂らした舌をレロレロとくねらせて痴女のごとく放出をねだる。

「ハァン、健太くん、すみれにもっといやらしいミルクを飲ませてちょうだい。こってりとしたネバネバで、ドレスも手袋も、私のすべてを汚しつくして。私をあなただけのものにして……」

瞳を閉じてうっとりと呟き、射精寸前の亀頭にムチュリと自ら唇を捧げる。

その瞬間、狂おしい興奮が少年の体内でふくれあがり、精液とともにビュバビュバッと盛大に噴射した。

「うあっ、またイクッ。すみれさんをいっぱい汚して、僕だけのものにするんだっ」

二度目の射精ながら粘度も量も衰えぬ白濁が、塊となってベチャッベチャッとすみれの美貌に襲いかかる。

瞬く間に高貴な面差しをベットリと白く塗りつぶされた淑女は、いやがることなく愛する少年に美貌を差し出す。

「アハアァンッ。ドレスや手袋だけじゃなく、お顔にもザーメンの匂いが染みついちゃう……。完全にマーキングされてしまったわ。私はもう、健太くんのものよ……」

瞼にまで白濁が降りつもり、目を開けることもできぬまま、恍惚の表情で呟く。

ぽってりとした唇のまわりに付着した白濁を舌を伸ばしてチロリと舐め取り、満足げな吐息を漏らすのだった……。

わずか数日会えないうちに、小柄な体軀のなかでどれほどの熱い想いが渦巻いていたのだろう。

3

二度つづけての射精を終えてもなおそそり立つ若さあふれる肉竿を、大量の白濁に汚されたドレスに身を包んだまま、すみれは頼もしそうに見あげていた。

精力は無尽蔵でも体力はそうもいかぬのか、健太は大きく足を開いてベッドの縁に腰かけ、荒い息を吐いている。

股座のあいだでひざまずいたすみれは、自らの手でドレスの胸元をグイと引き下ろし、たわわな双乳をプルンッとまろび出す。

「アァ。パイ、ズリ……なんていやらしい響きなの。お乳で挟んで、オチ×ポを擦ればいいのね」

上目遣いで尋ねると、健太はあどけない笑顔でコクリと頷く。

「うん。すみれさんのオッパイで気持ちよくしてほしいんだ。一度試してみたかったんだよね。それに、そんなに大きく胸元の開いたドレスでパーティー会場の視線を独り占めにした悪いオッパイにも、お仕置きが必要だものね」

熱い視線がチクチクと乳房に突き刺さり、すみれは腰をくねらせて身悶える。

「ハァン。私、そんなつもりじゃ……」

どちらかというと可憐なデザインのほうが好みだが、いま現在の自分に似合うデザインをと選んだ、妖艶さを強調したドレスである。それが異性の好色を集めていたと指摘され、いまさらになって羞恥で肌が火照る。

戸惑いに瞳を揺らし、動けずにいると、焦れた健太が腰をグイと突き出し、乳房の谷間に若竿をズプッと埋めこんできた。

「アハァンッ。オチ×ポ、熱いわ。ビクビクしているのがお乳に伝わってくる……」

「くうぅっ。やっぱりすみれさんのオッパイは、やわらかいのにハリがあって最高だよ。ああ、気持ちいい……。まるで、オマ×コみたい」

乳房を性器に例えられ、ますます乳肌がカァッと赤く色づく。

健太は小刻みに腰を振るい、漲る若竿をズリッズリッと乳房に擦りつけてくる。

「アンッアンッ。そんなに擦りつけてはダメよ」

「すみれさんが動いてくれないからでしょ。敏感なのはわかるけど、お仕置きなんだから、ちゃんとご奉仕してくれなくちゃ。ほら、自分でオッパイをギューッてつかんで」

すっかり性知識が豊富になった少年は、すみれの手を取り、ペトリと乳房に重ねさせる。

その瞬間、手のひらを覆う布地にジュクジュクと大量に染みこんでいた残滓が乳肌にベトッと付着する。

ひろがる汚辱感に、すみれは乳房を揺らして身悶えた。

「ハァンッ。お乳がぬめって……アッァアッ……」

「へへっ。自分からオッパイを揉みはじめちゃった。ザーメンでネトネトの手でモミモミするの、気持ちいいんだ？　汚されたり、イジメられたりするの、本当に好きなんだね。また僕だけが知ってるすみれさんの秘密が増えちゃった」

楽しそうに笑う健太を、乳房から生じる快感にアンアンと甘い泣き声をあげてすみれが陶然と見あげる。

（アァ、はずかしくてたまらないのに、否定できない……。そうよ。はじめてあなたと出会った日、お顔へ熱いお汁を浴びせられて、私はおかしくなってしまった。篠宮家の令嬢から、穢されたがりのさもしい女に生まれ変わったの……）

しっとりと悩ましく瞳を潤ませて、すみれは己に新たな価値観を芽生えさせた少年を眩しげに見つめる。

いつしか自分から若竿に乳肉を擦りつけ、亀頭から大量に滲むカウパーを乳房へヌチュヌチュと塗りひろげてゆく。

「うあぁっ。オッパイでチ×ポ、撫でられてる。これがパイズリなんだ……。ムニュムニュやわらかくて、たまらないよ。気持ちいいけど、もっとギュウウッて強く挟んでほしいな」

「ンアァ……。もっと、強く……こうかしら」

両手を乳房の脇に添え、ギュムッと内側に押しこむ。

圧迫された若竿はつぶれた乳肉の狭間でビクビクと跳ね、ピュルルッと先汁を撒き散らした。

「くうぅっ。それ、すごいよ。そのままズリズリいっぱい擦って、オッパイでイカせて」

強烈な圧迫感に健太は仰け反って悶え、さらなる乳奉仕をせがんでくる。

すみれもまた乳肌が熱く擦れる摩擦に耐えながら懸命に両手を動かし、肉幹に擦りつけてゆく。

乳房が淫猥にひしゃげるたびに芯からジワッと快楽が滲み出し、胸の先がプクッとはしたなくふくらんでしまう。

「アンッ、アンッ。お乳が熱いわ。焼けちゃうの。オチ×ポが擦れるたびに、アッアッ、ジンジン疼いて……」

「オッパイがどんどん蕩けてきたよ。気持ちよくなっちゃってるんでしょ。敏感すぎるすみれさんなら、きっとご奉仕しながら自分も感じてくれると思ったんだ」

自らの奉仕で喘いでいるすみれを、健太がうれしそうに見下ろす。

否定しようにも、ピーンとはしたなくとがった乳首を見れば、すみれが乳房で快楽を得ているのは一目瞭然であった。

「ンッンッ……。ち、違うのよ。私はそんな、はしたない女じゃ……。ハヒイィッ？　先っぽ、摘まままないで。ピリピリと痺れるのっ」

「隠しごとしちゃダメだよ。すみれさんのぜんぶを僕に見せて」

勃起乳首をつねられ、淑女は取りつくろうこともできずに喘ぎ、泣く。

歓喜にむせぶすみれを目を細めて見つめた健太は、口をもごつかせると豊乳の谷間にダラリと唾液を垂らしてゆく。

「アァン。お乳にツバを垂らすだなんて、ひどいわ」

「意地悪しているわけじゃないよ。もっとオッパイをヌルヌルにしたほうが気持ちよくなれると思ったんだ」

残滓とカウパーだけでなく、唾液も塗布され、乳がヌトヌトにぬめって滑りを増す。ひと擦りごとにニュルンニュルンと硬い若竿が乳房の谷間で暴れ、湧きあがる快感に、すみれは乳房を揺らして身悶える。

「すみれさんもツバを垂らしてよ。いっしょにオッパイを、最高に気持ちいいヌチュヌチュのオッパイマ×コに変えちゃおう」

「オ、オッパイマ×コ……。私のお乳を、どうしようもなくいやらしい性器に……」

はじめて耳にする卑語と淫らな誘いに、背すじがゾクゾクと震える。

健太は邪気のない顔で、期待にキラキラと目を輝かせている。

すみれをただ辱めて喜んでいるわけではない。

恥辱の先にある背徳の快楽に目覚め、淫蕩にむせぶ姿が見たいと、純粋に望んでいるのだ。

乳房の谷間からは、さまざまな汁が混ざり合って生じた淫臭がムワムワとこみあげ、すみれの脳をクラクラと揺さぶる。

(アァ、健太くんが望むなら……私ももっと、恥をかきたい……)

健太にならって口をもごもごとさせ、口内にたっぷりと唾液を作る。

見せつけるようにカパッと唇を開き、自らの乳房にタラタラと垂らす。

するとますます乳肉が淫猥にぬめり、蕩けて感度抜群の性器と化し、若竿をひと擦りするごとに途方もない快楽が乳房の芯から爆ぜた。

「ンアァ……アヒィンッ。お乳がヌメヌメで、アッアッ、すごいのぉっ」

「くうぅっ。オッパイ、ものすごくアツアツでトロトロになって、チ×ポに吸いついてくる。本当にセックスしてるみたい。もう我慢できないっ」

ブルブルと腰を震わせた健太が、グニッと力強く乳房をわしづかみにする。

激しく腰を振りたてて谷間をズブズブと突き、積極的に快感を求めはじめた。

「ひうぅっ。お乳、揉みつぶさないで。こわれてしまうわ、アンッアンッ。そんなに乱暴に出し入れされたら、ヒアァ……胸だけじゃなく、身体も痺れて、もう動けない……」

乳房から全身へジンジンとひろがってゆく快感に、すみれはすっかり奉仕の手が止まってしまう。

だが健太は脱力し、悶え、喘ぐばかりの淑女を責めることなく、ベッドから立ちあがると自分で腰を前後させ、乳性交の快楽を求めてゆく。

「いいよ。あとは僕が動くから。すみれさんは思いっきり、ギューッと胸を寄せておいて。いっぱい犯してあげるから、オッパイで感じまくってっ」

「ハァン、犯すだなんて……恐ろしいことを言わないで。アァ、硬いモノが激しく擦れて、本当にこわれてしまうわ。お願いよ、早く終わらせてちょうだい」

暴力的な言葉に、ゾクゾクと背すじが震える。

襲いかかる摩擦と淫熱に身をよじるも、視線はズプズプと乱暴に出入りをくり返す、はちきれそうな肉塊に釘づけとなり、苛烈な辱めから逃れることができない。

せめて一刻も早く射精して終わりにしてほしいと、豊乳をロンググローブに覆われた両腕でムギュッと抱え、谷間を限界まで狭めて若竿を圧迫する。

（アァッ、ダメ、擦られすぎてお乳が焼けちゃう。熱くてたまらないの。本当にうちから爆ぜてしまう……。ンアァ、またあの狂おしい感覚がゾワゾワと昇ってくる。お乳でイク、どうしようもなく淫らな女になってしまうわ……）

苛烈な乳嬲りに唇を閉じていられず、しどけなく舌を垂れこぼしてアンアンと甘い声をあげて喘ぎ、泣き、許しを乞うて健太を見あげる。

しかし少年はすみれが乱れるほどに興奮を募らせ、数多《あまた》の粘液に塗れてテラテラと卑猥に濡れ光る乳房を執拗に犯しぬく。

「くあぁっ。イクよ、オッパイで射精するよ。すみれさんもいっしょにっ」

健太はこみあげる強烈な衝動にあどけない顔をクシャクシャに歪めるも、すみれが絶頂に達するまではと、乳房の狭間でビクビクと若竿を震わせて射精を堪える。

その必死な姿に、淑女の胸がキュウンと狂おしく疼く。

(健太くんはこれまで、だらしない顔も情けない顔も、すべて隠さず、私に見せてくれたわ。私も……すべてをさらけ出したい。篠宮の名など捨てて、ただひとりの女として、さもしい女の本性をあなただけに見てほしいのっ!)

限界まで疼きがたまった乳肉を、すみれは自らの手でひしゃげるまでグニュリッと揉みつぶす。

乳房の芯からしぼり出された強烈な絶頂感に、気品も恥じらいもかなぐり捨て、獣と化して絶頂のいななきを響かせた。

「アヒイィッ。お乳で、イクウゥーッ!」

すみれの絶叫が最後のひと押しとなったか、健太も乳房に埋もれた若竿をブルンッと大きく震わせ、ブビュブビューッと大量の精を解き放った。

「僕もイクッ。パイズリで出るぅっ!」

噴き出した大量の白濁で、深い谷間は瞬く間にドロドロと埋めつくされる。

健太は射精したままガクガクと腰を振り、精液の詰まった乳穴をさらにズボズボとえぐりぬく。

「ハヒイィッ。谷間を突いてはダメェッ。ネバネバがジュプジュプと溢れて、アハァ、お乳がとけちゃう。ドロドロが塗りひろげられて、んふあぁ、ザーメンが染みこんでくるぅっ」

何度も若竿で擦られて鋭敏になった乳肌に粘つく熱い汁を塗りこめられて、穢される悦びに目覚めたすみれは乳房を弾ませて悶え、泣く。

健太はすべてを出しきる前にズボリと若竿を引きぬくと、ぷっくりと大きくせり出した右の乳輪に狙いを定め、亀頭をズブッと押しこむ。

勃起乳首をグリグリと嬲りつつ残り汁をビュルビュルと吐き出すと、限界まで鋭敏になった突起へ直接精液を浴びせられ、すみれは仰け反って悶絶した。

「ヒアァーッ。乳首がはじけるの。イクッ、イクゥッ」

「ああ、ピンピンの乳首がビクビクしっぱなしだよ。なんてやらしいオッパイなんだ。もっともっと、汚したくてたまらないよっ」

今度は左の乳輪にも亀頭をねじこみ、ビュクビュクと最後の一滴までぶちまけた。

「ンハァァ……。お乳がこんなにベトベトに……。ムワムワとすごい匂いが昇ってきて……ハアァンッ。は、早くきれいにしないと……」

ようやく乳房への射精が止まると、すみれは乳絶頂の余韻に呆然としながら、乳肌を真っ白に塗りつぶした大量の精液を、震える両手で拭ってゆく。

しかし粘度の高い白濁は、ロンググローブに覆われた手のひらにベチョベチョとへばりつき、いくら手を振っても糸を引いて取れない。

そんな状態ではいくら乳肌を撫でまわしても、きれいになるどころか、かえってヌチュヌチュと、乳房全体へぬめりが卑猥にひろがるばかりである。

「アンッアンッ。ダメェ、ヌルヌルでおかしくなる……。お願い、健太くん、どうにかしてぇ」

倒錯的な快楽でグズグズに蕩けた脳ではまともに頭が働かず、淑女は情けなくも年下の少年に救いを求める。

射精を終えて、ひと息ついた健太は白濁まみれのすみれを楽しげに見下ろし、そっと耳打ちする。

「多すぎて拭えないなら、量を減らせばいいんだよ。ほら、ザーメンまみれの乳首、とってもおいしそうでしょ。はい、アーン……」

健太に促され、すみれは自ら乳房をムニュッと下から掬いあげる。

白濁がベットリとへばりつき、ピクピクとせつなげに震える、はしたなく勃起した乳首を陶然と見つめると、恐るおそる唇を近づけ、パクッと咥えこんだ。

「あむむ……ぷあぁっ。ヌメヌメの乳首、感じてしまうの。健太くんが見ているのに……舌が動いて、止められない……」

乳首に付着した残滓をしゃぶり取ると、舌をテロリと垂らして乳肌もペチョペチョとねぶり、付着した精液を口に運んではコクリと嚥下する。

健太の視線を意識して脳がカァッと沸騰するが、それ以上に毛穴にまで残滓が染みこんだ乳房がジクジクと悩ましく疼き、慰めずにいられない。

（アァン……。お乳ごと白いネバネバを味わっているはしたない私を、健太くんが興奮して見つめている……。アァ、またオチ×ポが、ムクムクと大きくなって。こんなにもドロドロに私を汚しつくしたのに……まだ満足できないの……？）

またも漲ってくる絶倫肉棒を、チュバチュバと音を立てて乳首を吸いたてながら、すみれは瞳を潤ませてうっとりと見つめる。

出会ったころは純真無垢だった少年をこんなにも逞しい牡に変えてしまったのが自分だと思うと、罪悪感とともにえもいわれぬ興奮がゾクリと背すじにこみあげる。

（ンアァ……もっと見て。本当の私を受け入れてくれるのは、あなただけなの……。あなたが望むなら、どんな淫らな女にもなるわ。だから……これからもずっと、私だけを見つめていてちょうだい……）

すみれはいつしか手袋に染みこんだ精液を自ら乳房に塗りたくっては、舌を伸ばして淫猥に舐めあげる様を愛しい少年に恍惚の表情で見せつけるのだった……。

4

手袋にドレス、顔と口、さらには乳房。

すみれが二度と目の前からいなくならぬよう、自分のものであると主張するかのごとく、健太は大量の精液を浴びせかけた。

淑女はいやがることなくすべてを受け止め、着衣や柔肌に粘つく白濁をこってりと塗りこんでいった。

そしていま。

ムワムワと全身から立ちのぼる、むせ返るほどの精臭に陶然と美貌を崩した淑女は、床の上でのそのそと四つん這《ば》いになると、健太に尻を向ける。

自らドレスのスカートを捲《ま》りあげれば、なにも身に着けていない下半身が露になる。

すっかり悩ましい楕円形に口を開いた秘唇が蠢き、ダラダラとひっきりなしに愛蜜を滴らせる様子に、健太は生唾を飲みこむ。

媚粘膜へチクチクと突き刺さる熱い視線に、すみれはフルフルッと肢体を揺する。精液染みの取れなくなったロンググローブで覆った手を尻たぶに添えると、左右にグイッと割り開き、クイッと肉尻を後方に引いた。

「アァ、健太くん……どうか、私のすべてを奪ってちょうだい。あなたの逞しいモノで、奥まで貫いて……すみれを、あなたの女にして」

その願いが本心であると裏づけるように、膣口がキュムキュムと物欲しげに蠕動し、ドロリと濃い蜜が糸を引いて、豪奢な絨毯《じゅうたん》に垂れこぼれる。

健太はすみれのくびれた腰を背後からしっかりとつかむ。

若竿の先端を押しあてれば、なんの抵抗もなく亀頭は蜜壺にツプリと沈む。

会えなかった日々を埋めようと、ぬめる媚粘膜がチュプチュプと淫靡にまつわりついてきた。

「うはぁっ……。すごく吸いついてくる……すみれさんも寂しいって思ってくれていたんだね。いくよ……すみれさんはいまから、僕の恋人だっ」

そう力強く宣言すると、思いきり腰を前に突き出す。

すがりつく媚肉をかき分けて若竿はズブズブと奥まで分け入り、これまで以上の膨張率を見せて膣穴を完全に埋めつくす。

そのまま、滾る想いを乗せて最奥をズコンッと穿《うが》ちぬいた。

「ンヒアァッ。イッ、イクウゥッ！」

少年の燃えさかる情熱は、貞淑な美女をたったのひと突きで魅了し、絶頂へと押しあげる。

すみれはドレスの胸元からこぼれ出た豊乳をブルルンッと大きく弾ませ、おとがいを反らして甲高い嬌声を響かせる。

蜜壺がギュムムッと収縮して、なかの若竿をきつく締めあげ、熱くぬめる無数の膣襞がネチャネチャと肉幹やカリ首を這いまわる。

たまらない快感に襲われた健太だが、挿入前に何度も射精していたため、なんとか暴発を防ぐことができた。

歯を食いしばって圧倒的な快楽に耐えると、そのまま休まずに腰を振りたてる。

絶頂にわななく蜜壺へさらにズブッズブッと肉棒を突きたてれば、すみれは華奢な肢体をくねらせて、淫らに躍った。

「アヒィッ、ハヒィンッ。ま、待ってちょうだい。まだイッている途中なの。オマ×コが痺れているのよ。いま乱暴に突かれたら、アッアッ、こわれてしまうわっ」

「うん、わかるよ。ビクビクしているのがチ×ポに伝わってるもの……。だから、もっと突いてあげるね。いっぱい擦って、たくさんイカせて、大好きなすみれさんを最高に悦ばせてあげるんだっ」

痙攣の止まらぬ媚肉を亀頭の笠でゾリゾリと執拗にこそぎあげ、膣奥をズグッズグッと何度も穿って子宮を乱暴に振動させる。

襲いかかる暴力的なまでの快感の連続に、淑女は黒髪をかきむしって悶え、泣く。震える両手を前に伸ばし這って逃れようとするも、健太はつかんだ腰をグイと引きよせ、パンパンと乾いた音が響くほど肉尻へ腰を何度も打ちつける。

「アンッアンッ、ヒアァッ。ダメッ。イッてるのに……またイクッ。突かれるたびにイッてしまうのっ。こんなの知らない……狂ってしまうわ。獣のようにまぐわって……恥知らずな女になるっ」

「いいよ。もっと僕だけに、色んな顔を見せて。うあぁ、締めつけがすごい……。いままでならすぐにイッちゃってたけど、今日はまだまだ耐えられるよ。すみれさんのオマ×コ、味わいつくしたいからっ」

健太もまた上体を倒してすみれの背に覆いかぶさり、蕩けた蜜壺を四つ足の姿勢でズコズコと突きまくる。

少年と淑女は理性を捨ててともにさかった獣へなりはて、全身に汗を滴らせて交尾に明け暮れた。

それから、どれほどの時間まぐわいつづけていただろう。

永遠のようでいて、数分の出来事でしかなかったかもしれない。

うねりの止まらぬ蜜壺に休む暇なくむしゃぶられ、これまで以上に強烈な射精衝動がぞわぞわと若竿にこみあげてきた。

(ああ、このまま思いっきりイキたい。でも、すみれさんの気持ちよく蕩けたイキ顔も見たくてたまらないよ……)

欲ばりな少年は、ふたつの願望を同時に叶える妙案を思いつく。

すっかり愛蜜でぬかるむ蜜壺をズグッズグッと穿ちつつ、揺れる尻たぶをペチペチと平手で打ち、四つん這いのすみれを前方へと追いたてる。

「アッアッ、また乱暴にズンズンして……。アァン、そんなに迫ってこないでぇ」

もはや何度絶頂を迎えたかわからない淑女は、後方からの圧力に負け、疲れきった肢体を引きずりペタペタと四つ足で移動する。

たどり着いたのは、大きな姿見の前である。

捲れてしわになったドレスから、汗まみれの肉感的な肢体をさらけ出して喘ぎ、泣く淫らな姿を目の当たりにした淑女は、驚きで目を見開き、愕然とした。

「イ、イヤッ。私ったら、なんてはしたないまねを……」

脳を揺さぶる、あまりの衝撃に、反動で逆に冷静さを取り戻したか、淑女は羞恥で真っ赤になった顔を両手で覆い隠す。

しかし手のひらを覆うロンググローブに染みついた猛烈な精臭がツンと鼻をつき、クルンと瞳がうわむきふわふわと揺らぐ。

一方、収縮の増した蜜壺に若竿をきつく揉みしぼられ、健太はブルブルッと腰を震わせる。

「くうぅ、オマ×コが締まるっ。隠しちゃダメだよ。トロントロンに蕩けたかわいらしい顔を、僕だけに見せて」

背後から腕をまわして、すみれの両手首をそれぞれつかみ、手のひらをグイと左右へ開かせて、隠れた女の顔を強引にさらけ出す。そのままズコズコと膣の奥を突きあげ、恥辱に惑乱する淑女を徹底的に喘がせ、泣かせる。

「アンアンッ、ンアヒィッ。ダメよ、激しすぎるの。子宮が痺れて……アッアッ。私、なんてみっともない顔をしているの。お願い、見ないでちょうだい。幻滅されたくない……」

鏡に映る己の本性にショックを受けたか、すみれは弱々しく頭を振り、涙声で懇願する。

だが健太は抽送の勢いををゆるめるどころか、ますます猛然と腰を振るい、昂る劣情をこれでもかと女芯にたたきつける。

「幻滅なんてするはずないよ。上品な顔が台なしになるほど感じてくれて、うれしくてたまらないんだ。チ×ポがパンパンになってるの、わかるでしょ」

射精寸前の若竿をビクビクと震わせると、媚肉越しに狂おしい興奮が伝わったか、すみれはおののいた顔でコクコクと頷く。

「ンアァ……わかるわ。逞しいオチ×ポが、いまにもはじけそうなほどに熱くなって、苦しげに震えて……。あなたの前では、淫らな私をさらけ出してもいいのね。どれほど恥をさらしても、受け止めてくれるのねっ」

鏡越しに潤んだ瞳で見つめるすみれに、健太は力強く頷き返す。

「もちろんだよ。僕の前でだけは本当の顔を見せて。それがいちばんうれしいからっ。イクよ、すみれさん。これが僕の気持ちだよっ」

うしろからすみれの両腋にそれぞれ腕をまわし、羽交い絞めで上半身を起こす。

そのままズコンッと思いきり腰を突きあげ、煮えたぎる情熱を最奥めがけてブビュビュゥッと盛大に解き放った。

「アヒイィッ。イクッ……イクウゥッ！」

鮮烈な衝撃が全身へと飛び散り、狂おしい熱で子宮を焼きつくす。

すみれはこれまでで最も甲高く淫らな嬌声を響かせ、目もくらむ絶頂に呑みこまれてゆく。

クルンと瞳を裏返らせピーンと舌を突き出して、気品の欠片《かけら》もないほど面差しを歪める。

汗と白濁に塗れた華奢な肢体をガクガクと暴れさせて感涙にむせぶ。

無様とすら呼べるほどの痴態をさらす初恋の相手を、健太は感動の面持ちでうっとりと見つめ、ビュクッビュクッと蜜壷に精を注ぎこむ。

「ああ、すみれさん、ひどい顔。大きな口を開けて、舌まで垂らして、僕の初恋だった上品なお姉さんと同じ人とは思えないよ……。でもそのグチャグチャな顔を見ていると、がっかりするどころか、どんどん興奮しちゃうんだ。うう、また出るよ！」

チュッチュッとすみれの頬を愛おしげについばんでは、何度も何度もドパドパと粘つく白濁をぶちまけ、子宮をジクジクと侵食してやる。

すみれはドレスからこぼれ出た豊乳をブルルンッと弾ませて大きく仰け反り、ますます美貌を崩して淫らに喘ぎ、泣く。

「ハヒィンッ。オマ×コ、熱いのっ。子宮までドロドロで、アァ、健太くんの愛が染みこんでくる……。そんなにも、いやらしい私が好きなの？　私がはしたないほどに、興奮してしまうのねっ」

絶頂を迎えたまま何度も念押しし、確かめるすみれに、健太はコクコクと頷き返す。

「そうだよ。僕はどうしようもなくやらしくなっちゃったすみれさんが大好きでたまらないんだ……。すみれさんじゃなきゃ、ダメなんだよっ。だから、僕だけのとびきりエッチな恋人になってて」

亀頭で子宮口をグリグリとこじ開け、思いの丈をぶつけて迫る。

すみれはとうとうコクリと頷き、返事とともにギュギューッと蜜壺で若竿を食いしめてきた。

「アァ……私も好きっ。大好きよ、健太くん。愛しているのっ。あなたが望むなら、どんな恥知らずな姿もさらしてみせるわ。どうか、すみれをあなたの恋人にしてちょうだいっ。もっと愛の証を、溢れるくらい私に注いでぇっ！」

名家の誇りも女の矜持《きょうじ》もすべてをかなぐり捨て、すみれは愛しい若牡に甘え媚《こ》びる。

精液を求めて子宮口が亀頭をチュブチュブと猛烈にしゃぶりたて、健太をさらなる射精に導いた。

「くあぁっ。うれしいよ、すみれさんっ。またイクよ。恋人のオマ×コにザーメンいっぱい注ぎまくって、僕の匂いを二度と消えないまで染みこませるからねっ。大好きだよ、すみれさん！」

「ハアァンッ。健太くんの愛がドプドプ流れこんでくるのっ。オマ×コに、子宮に染みこむぅ。私は健太くんの恋人になれたのねっ。イクッイクッ。またイクわっ。幸せすぎて、イクのが止まらないのぉっ」

恋人宣言とともに膣内射精をくり返せば、愛に飢えた蜜壺はゴキュゴキュとうれしそうに想いのこもった濃厚な白濁を呑みこんでいった。


いつしか射精は止まっていたが、ドロドロにぬめった媚粘膜はひっきりなしに蠢き、硬度をゆるめた若竿をなおもしぼりつづけた。

「うあぁ……。子宮の入口がチ×ポに吸いついて、もっともっとっておねだりしてるよ、もうオマ×コのなかはパンパンなのに。すみれさんって本当は、とっても欲ばりだったんだね」

結合部からはダラダラと大量の残滓が溢れ出ていたが、寂しがりな蜜壺は名残惜しげに肉幹へまつわりつき、離れようとしない。

自らの淫蕩さを指摘され、すみれはポッと頰を赤く染める。

「アァン、は、恥ずかしいわ……。だって、せっかく健太くんと恋人どうしになれたんですもの。もっとたくさん愛してほしいの。まだまだ、あなたの温もりが足りないのよ。……いい年をして、おかしいかしら」

淑女は恥ずかしそうにこちらを振り返り、瞳を潤ませて尋ねる。

あまりの愛らしさに、健太の脳がカァッと沸騰する。

たまらずムチュリと唇を奪い、ジュパジュパと貪るように吸いたてる。

すみれも自分から唇を押しつけ、ネチョネチョと舌をからませてきた。

「ハァン……。キス、大好きなの……。恋人どうしのキス、たくさんしましょう。すっかりいやらしくなってしまったお口も舌も、健太くんだけのものよ……」

名家の淑女とは思えぬ淫蕩さで舌が卑猥にくねり、口内全体を舐めまわす。

唇をひしゃげるほど押しつけてきては、ジュルジュルと口淫のごとく舌をしゃぶりぬかれる。

粘ついた甘ったるい唾液をタラタラと口内へ流しこまれていると、すみれを悦ばせたいという熱い想いがふたたび沸々とこみあげて抑えきれなくなる。

健太は腰を引き、半萎えになった陰茎をチュポンと引きぬく。

「やんっ。オチ×ポ、抜いてしまうなんてひどいわ。ずっとつながっていたかったのに……意地悪ね」

プクッと頬をふくらませて拗ねるすみれに、チュッとおでこへキスをして詫《わ》びる。そして精液まみれのドレスに身を包んだ淑女の背中と膝裏に腕をまわし、グイッと勢いよく抱きあげた。

「きゃっ。ああ、健太くんがこんなに逞しかったなんて……」

まさかはるかに年下の少年にお姫様だっこをされるとは思っていなかったのか、すみれは感動に瞳を潤ませて健太を見あげている。

「せっかくこんな素敵なカノジョができたんだもの。鏡越しじゃ満足できないよ。大好きなすみれさんの顔を見ながら、抱き合って、恋人どうしのキスをして、たくさんセックスしたいんだ……。いいよね？」

いつの間にか一人前の男へと成長していた少年に、すみれは両手を首にからめてキュッとすがりつく。

頼もしそうに胸板へ顔を埋め、甘えて頬擦りをし、コクリと頷く。

「はい……。すみれをたくさん、愛してください。私のすべてを味わいつくして、なにもかもを忘れてしまうほどはしたなく蕩けさせてほしいの……。愛しているわ。私のかわいい王子様……」

健太はすみれをベッドに寝かせ、上から覆いかぶさると、キスをせがむほしがりな唇をふたたび深く塞いでゆく。

乳房を揉みしだき、蜜壺を若竿で貫き、何度も何度も燃えたぎる愛の証を注ぎこむ。

少年と淑女は年も家柄も、なにもかもを忘れてひとつに溶けて混ざり合い、夜が明けるまで互いを求めつづけたのだった……。

第六章　夏祭りの夜に

1

八月十二日。

祭囃子《まつりばやし》が遠くに聞こえる。賑《にぎ》わいを見せはじめた夕刻の神社前。

いつものTシャツと半ズボン姿でなく、珍しく黒地の浴衣に抹茶色の帯を締めた健太は、鳥居の脇でキョロキョロと周囲を見まわしていた。

すると、待ちわびた鈴を転がすような声が耳に届く。

「お待たせ、健太くん」

視線を向けると、牡丹《ぼたん》柄の青い浴衣に身を包み、朱色の帯を締めた淑女が、手首丈の黒いレース手袋をはめた手を小さく振り、柔和な笑みを浮かべて立っていた。

「ううん、僕もさっき着いたばかりだよ。わぁ……浴衣、すごく似合うね。色っぽくてドキドキする……」

長く艶やかな黒髪は赤いかんざしでうしろに纏められ、のぞいた白いうなじがなんとも艶めかしい。

しとやかさが引き立つ和のたたずまいに、少年は思わず見惚《みと》れてしまう。

素直な賞賛の言葉に、すみれはほんのりと頬を朱に染める。

「うふふ。ありがとう。健太くんの浴衣姿も素敵よ。とても凛々《りり》しいわ」

「そ、そうかな。へへっ。並んで歩いていても、おかしくないかな」

照れ笑いを浮かべて頭をかく少年の手を、レースの手袋に包まれたすみれのたおやかな手がそっと包みこむ。

「ええ、もちろん。今日はエスコートをお願いね。それにしても、お祭りってこんなにも人が集まるものなのね。はぐれてしまわないかしら……」

人ごみに慣れていないのだろうか。

喧噪《けんそう》に圧倒されて小刻みに震えている淑女の手を、健太はギュッと力強く握り返す。

「だいじょうぶ。僕がしっかりつかまえておくから。案内は任せてよ。すみれさんがはじめてのお祭りを楽しめるように、どんな順番でまわろうか、いろいろと考えてきたんだ」

不安を吹き飛ばさんと、胸をドンとたたいてみせる。

屈託なく笑う少年を、すみれはなんとも頼もしそうに見つめ、目を細めるのだった。


それからふたりは手をつないで、参道の左右に建ちならぶさまざまな屋台を見てまわった。

「いろいろなものが売っているのね……。あら、あちらからはとても香ばしい匂いがするわ。あのまるくてかわいらしいものはなにかしら」

法被《はっぴ》姿に鉢巻を巻いた店主がピックを用いてクルクルと手際よく回転させ、調理してゆくのを、すみれは興味津々といった感じで眺めている。

「あれは、たこ焼きだよ。食べたことないの。それなら今日は僕がご馳走するね」

「そんな、申し訳ないわ。お金なら進藤がちゃんと持たせてくれたから、私が……」

そう言って、淑女は革財布から一万円札を取り出そうとする。

「お札じゃ、おじさんがお釣りに困っちゃうよ。もともとお祭り用にお小遣いを貯《た》めてあったから、心配しないで」

ずっしりと重い小銭入れを見せて胸を張ると、健太は店主に声をかけた。

「おじさん、たこ焼きを一パックちょうだい」

「あいよっ。おう、ケン坊じゃねえか。今日は浩二のヤツはいっしょじゃねえんだな」

屋台の店主は親友である浩二の親戚で、ふだんは商店街で駄菓子屋を営んでいる。健太とも、もちろん顔なじみだ。

ピックを返す手は止めぬまま、顔を上げた店主は、少年の隣に立つ祭りの喧噪とはおよそ不似合いな品のよい美女を見て、ヒュウと口笛を吹く。

「なんだ、えらい別嬪《べっぴん》さんを連れてるじゃねえか。このあたりじゃ見かけない顔だな。姉さん、ケン坊の親戚かなにかかい？」

するとすみれが口を開くより早く、健太が胸を張って答える。

「へへん。すみれさんは僕の、カノジョなんだ」

「カ、カノジョだぁ？」

驚きに目をまるくする店主に、すみれははにかんだ笑みを浮かべる。

「ええ。私は健太くんの恋人なんです。うふふ」

呆気にとられてふたりを交互に見くらべる店主だが、やがて愉快そうに笑い出す。

「ワハハッ。そいつはいい。よーし、ケン坊にカノジョができた記念だ。たっぷりおまけしといてやるよ。毎度ありっ」

気のよい店主はプラスチック製の容器に、できたてで湯気を立てたたこ焼きを山ほど乗せて手渡してくれた。

「ありがとう、おじさん。あちちっ」

健太は礼を述べて硬貨を手渡し、もはやふたが閉じなくなったたこ焼きの容器を受け取った。

「はい、すみれさん。あーん」

いったん人の流れからはずれて物陰に向かうと、ひとつを爪楊枝に刺してすみれの口元へ差し出す。

「えっ。立ったまま食べるだなんて、いいのかしら……。あ、あーん……」

はしたない行為に恥じらいを見せるも、郷に入れば郷に従えと考えたか、おずおずと口を開く。

アツアツのたこ焼きが口内へコロンと転がると、すみれは舌を襲う想像以上の熱に驚いて口元を押さえる。

「ふむむっ。あ、あひゅいわっ。……アァ、でも……はふ、はふ……おいひい」

淑女は懸命に息を吹きかけて熱い塊を冷まし、少しずつ味わっている。

これまで口にした経験がないであろう庶民的なソースの濃い味も気に入ってくれたようで、頬をほころばせる。

「でしょう。おじさんのたこ焼き、ボリュームもあってすごくおいしいんだよね。僕も食べようっと」

しばしふたりで、屋台の味をじっくりと堪能した。

「ごちそうさまでした。お祭りって、とても楽しいものなのね」

遅まきながら訪れた青春に、すみれは感慨深げに呟く。

「うん。僕もデートがこんなに楽しいものだって知らなかったよ。すみれさんが初デートの相手でよかった。……あ。歯に青のりがついてるよ」

同意して深く頷いた健太が、ふと淑女の白い歯に付着した異物に気づく。

「や、やだ。みっともないわ……」

指摘を受け、すみれは恥ずかしそうに頬を赤らめ、口元を手で隠す。

その仕草にムラリと来た少年は、誰もこちらを見ていないのを確認すると、ムチュリと唇を奪う。

「あむぅっ。ダ、ダメよ、こんな場所で。もし気づかれてしまったら……」

「大きな声を出さなければ、誰も気づかないよ。青のり、僕が取ってあげるね」

テロテロと歯の表面に舌を這わせ、付着した青のりを拭い取り、ついでとばかりに唇をチュパチュパと吸いたてる。

ようやく解放したころには、すみれの瞳はすっかりトロンと潤んでいた。

「ハァン。健太くんがここまで大胆な男の子だったなんて……」

「いつも上品で甘い匂いがするすみれさんの口からソースの味がしているのって、なんだか新鮮だったな……。デートのときは、五分に一度は隠れてキスをすると女の子が喜ぶってコウちゃんが言ってたけど、本当だったみたい」

屈託なく笑いかけると、はしゃいだ健太はすみれの手を引いて歩き出す。

「それじゃ、次の屋台をのぞいてみよう。今日はとことん楽しまなくっちゃ」

「アンッ。ま、待ってちょうだい。もう……強引なんだから」

年下の少年によるリードに頬を染めつつ、すみれは慌ててあとを追うのだった。

2

屋台めぐりを堪能したふたりは、盆踊り会場へとやってきた。

心躍る祭囃子が流れるなか、浴衣姿の村人たちが老若男女問わず、櫓《やぐら》のまわりを輪になって踊っている。

櫓の上では親友の浩二が、ねじり鉢巻に法被姿で力強く太鼓をたたいている。

健太が手を振ると、気づいた浩二も、バチを握った右手を軽く上げて応えてくれた。

「みなさん、とても楽しそうね」

すみれは両手を合わせ、瞳を輝かせて盆踊りを見つめている。

健太はニコリと笑みを浮かべると、すみれの手を取った。

「それじゃ、僕たちも踊ろうよ。盆踊りなら僕も、教えてあげられるからさ」

曲に合わせて簡単な振りつけを披露すると、すみれはパチパチと手をたたいて褒めてくれる。

「ああ、素敵よ、健太くん。格好いいわ。ええと、こんな感じかしら」

すみれも健太の動きをまねて、ゆったりと踊りはじめる。

その所作は圧倒的に優雅で、教える側の健太が思わず、見惚れてしまうほどだ。

「すみれさんこそ、すごく上手だよ。はじめてとは思えないや。盆踊りって田舎くさくて格好悪いって思っていたけれど、踊る人が上品だとこんなにもきれいなんだね」

褒めちぎる健太に、すみれは照れてほんのりと頰を染める。

「幼いころに日本舞踊を習っていたからかしら。あまり褒められると恥ずかしいわ。……好きな男の子と踊るのって、こんなにも楽しいものなのね。うふふ」

パーティーで健太と踊ることができなかったのが、心残りだったのだろうか。

すみれは頰をほころばせ、健太の隣で動きを合わせて、楽しそうに踊っている。

するといつしか、華やいだ雰囲気を纏う浴衣姿の美女に、注目が集まり出す。

「なんだかすごい別嬪さんがいるねえ。どこの娘っこだい」

「いっしょにいるのは畑中さんちの健太じゃねえか。あんなきれいな娘が親戚にいたとはなあ。せがれの見合い相手によいかもしれねえな」

周囲のざわめきに気づいた健太は、レースの手袋に包まれたすみれの手をギュッと握り、輪の外へと連れ出す。

「そろそろ行こう。このままここにいたら、野次馬のおじさんおばさんたちが集まってきそうだし」

せっかくのデートを、すみれへの質問責めで邪魔されてはかなわない。

健太が手を引くと、すみれは名残惜しそうに櫓を振り返りつつも、素直についてきてくれた。

「あら、もう終わりなのね。もっと踊っていたかったけれど……。とても楽しい思い出になったわ。ありがとう、健太くん」

喧噪をはずれて物陰へとやってくると、すみれが頬にそっと唇を重ねてきた。

恋人どうしはデート中、五分に一度は接吻をする。

そんな与太話を、すみれは本当に信じているのだろうか。

健太自身は、浩二が大げさに話をふくらませただけだとばかり思っていたが、意外と真実なのかもしれない。

幸せな気持ちがひろがり、頬がにやけてしまう。

「どういたしまして。まだまだお祭りには楽しいことがたくさんあるよ。もっといろいろ、教えてあげるね」

年上の美女に頼られる喜びを噛みしめつつ、健太はすみれと腕を組み、祭りの案内を再開するのだった。

3

二時間ほど夏祭りを堪能すると、健太は神社の裏手にある藪《やぶ》を抜け、人気のない小高い丘へとやってきた。

すでに夕日は落ちて周囲は薄暗く、夜空には満天の星が瞬いている。

視線を先ほどまでいた方角へと向ければ、無数に並ぶ提灯の明かりで華やいだ祭り会場がぼんやりと淡くきらめいていた。

「じゃん。僕のとっておきの場所へようこそ。ここからなら花火もよく見えるんだ」

ゴロンと草むらに寝転がる無邪気な少年を、すみれはクスクスと頬をほころばせて見下ろし、自らも膝を折り、隣へしどけなく腰を下ろす。

「アァ、風がそよいで気持ちいいわ。とてもよいところね」

淑女は瞳を閉じて吹きぬける夜風に身をさらし、静かに呟く。

その横顔を、健太は思わず息を呑んで見つめる。

「今日のデート、楽しんでくれたかな」

尋ねると、すみれは穏やかな笑みを浮かべてコクリと頷いてくれた。

「ええ。とても楽しかったわ。あんなにはしゃいでしまったのは、はじめてよ。恥ずかしいところを見せてしまったわね」

ほんのりと頬を朱に染めたすみれがあまりにも可憐で、健太は上半身を起こし、ムチュッと唇を奪う。

「アン。またキスを……。今日はこれで何度目かしら……」

喧噪から離れてふたりきりとなったせいか、すみれは自分からもチュパチュパと唇を吸いたててきた。

「いまはりんご飴《あめ》の味がするね。ねっとりしていて甘酸っぱくて、おいしいや……」

ぽってりとした唇へ微かに残る果実の甘さを、舌を這わせてじっくりと舐め取ってゆく。

しばし名残を惜しむようにネットリと互いに舌をからませ合う。

そして健太はすみれの手を取り、黒いレースの手袋をはめた左手の薬指に、スッとリングをはめた。

「これは……指輪？　いつの間にこんな……」

「じつは、屋台の射的で当ててたんだ。本物はとても買えないけど……初デートの記念に、僕からのプレゼントだよ」

少年の粋なサプライズに、すみれはおもちゃの宝石が鈍く輝く己の指を見つめ、瞳を潤ませる。

「アァ、ありがとう……。最後の夜に、最高の贈りものだわ」

感動のあまり、口がゆるんだのだろうか。

すみれの唇からこぼれ出た言葉に、しかし心のどこかで覚悟していた健太は、大きく取り乱すことはなく、ギュッと彼女の手を握りしめる。

「やっぱり、もう帰っちゃうんだね」

健太の呟きに驚きの表情を浮かべたすみれは、そっと手を握り返し、静かに尋ねる。

「ええ……。いつから気づいていたの？」

「すみれさんともう一度出会って、お屋敷に泊めてもらった日の夜、かな。いっしょに夏祭りへ行くって約束を叶えるために、無理をして戻ってきてくれたんだろうなって……」

そう言って俯く健太の頬に、すみれがピトリと頬を重ねる。

「ごめんなさい。あなたの言うとおりよ。篠宮の者として、私はあちらへ戻らなければならないの。本当はつらくなるから、黙ってあなたの前から消えるつもりだったのだけれど……。どうしても、もう一度会いたくて、無理を言って、少しだけ時間をもらったの」

今度はすみれのほうから、深く唇を重ねてくる。

ともにいられる時間はあとわずか。

少しでも長くつながり合っていたいと、舌と舌をからめ合う。

「いつまでこっちにいられるの」

「……今夜までよ。最後の花火が上がって、お祭りが終わったら……車でこちらを発《た》つわ」

残されたときは想像以上に短かった。

ギュッとすみれを抱きしめるも、彼女が自分のために無理をして時間を作ってくれたとわかっていたために、わがままを言い、引き留めることはできなかった。

沈黙が続くなか、ドーンという重低音とともに、夜空に大きな花火が打ちあがる。

あれほど楽しみにしていた瞬間が訪れたというのに、健太は顔を上げられない。

するとすみれが健太の浴衣に手を伸ばし、シュルシュルと帯を解きはじめた。

「アァ、やっぱりダメ。最後はきれいにお別れするつもりだったのに……私はそんなに聞き分けのよい女ではなかったみたい」

健太の浴衣をグイッと脱がせると、手ずからパンツを引き下ろす。

ブルンとまろび出た若竿は、別れを受け入れた心とは違い、諦め悪くあがき、想い人を求めて垂直にいきり立っていた。

レースの手袋に包まれたたおやかな手が、猛る肉塊を優しく包みこんでくれる。

シュクッシュクッと丁寧にしごきたてられると、ざらついた布地に敏感な部分を擦られて、健太は湧きあがる心地よさに身悶える。

「くうぅっ。ザラッとしてる手袋にチ×ポを擦られると、スベスベの手袋で撫でられるのとはまた違って、気持ちよくてゾクゾクするよ。ああ、またカウパーが垂れて、すみれさんの手を汚しちゃった」

申し訳なさそうに呟く健太に、すみれはフルフルと頭を振る。

「いいのよ。健太くんのために用意した浴衣と手袋ですもの。あなたの恋人を、好きなだけ汚してちょうだい」

すみれは健太の股間に顔を埋め、チュッチュッと亀頭をついばむ。

チロチロと亀頭を舐めまわし、尿道口から垂れこぼれるカウパーをチュルチュルとはしたない音を立てて啜り、コクンと嚥下した。

「うう、すみれさんがチ×ポを舐めてくれてる。今日だけは我慢しなくちゃと思っていたのに、やっぱりエッチしたくてどうしようもなくなっちゃうよ」

「私のほうが先に自分を抑えられなくなってしまうんだなんて……。健太くんのほうが私よりもよほど大人だわ。アァ、はずかしい……。でも、いいの。私はもう、自分に正直に生きると決めたのだから」

すみれははしたなくも大きな口を開け、若竿をカポッと根元までまる呑みする。

ジュパッジュパッと熱烈にしゃぶりたてられ、健太はあまりの快感に腰が浮きあがる。

「うあぁっ。すみれさんの口のなか、ネトネトでたまらなく気持ちいいよ。まるでオマ×コのなかみたいだ……」

「オチ×ポがビクンビクンと悦んでいるのが、お口のなかに伝わってくるわ。健太くんがいやらしい知識をたくさん教えてくれたから、私はすっかり淫らな女になってしまったのよ」

口ではそう言うものの、すみれはどこか愉しそうだ。

はるかに年下の少年から教えこまれた性知識を披露するかのごとく、大胆に舌をくねらせて亀頭の表面をあますところなくねぶる。

裏スジを舌先で舐めくすぐり、鮮烈な刺激を若竿に送りこむ。

はしたなく頰をすぼめて亀頭をチュバチュバと吸いたて、愛しい少年の分身を幸せそうに味わっている。

「恥ずかしがり屋のすみれさんが、デート中に自分からエッチなご奉仕をしてくれてる……。すごくうれしいし、興奮しちゃうよ。でも、いいの。その姿勢だと、せっかくの花火が見えないでしょう」

すみれは四つん這いで健太の股間に顔を埋めているため、夜空を見あげることができない。

尋ねると、上目遣いで健太を見あげ、ニコリと微笑んだ。

「いいのよ。大きな音や振動はしっかりと伝わってくるもの。それに、今は少しでも長く、あなたの気持ちよさそうな顔を見ていたいの」

すみれは亀頭を咥えたまま、レースの手袋に包まれた手のひらで玉袋をクニクニと揉みしだく。

こみあげる快感に、健太はブルブルッと身体を震わせる。

いったん若竿から口を離したすみれは、玉袋をパクリと咥えこむ。

チュバチュバとしゃぶりたて、舌の上で淫靡に舐め、転がす。

ブルブルと震える唾液まみれの若竿をうっとりと見つめ、手袋が汚れるのもかまわずに手のひらで包みこみ、ニュコッニュコッとしごきあげる。

「うはぁっ。さっきまでりんご飴をおいしそうに舐めていたすみれさんが、いまは僕のタマを舐めてる。あうぅ、甘噛みしないで。タマだけじゃなくて、チ×ポまで痺れちゃうよ」

「大きなりんご飴を舐める私を見て、いやらしい気分になっていたのでしょう。お見通しなんですから。濃厚なザーメンがたっぷりと詰まったタマタマ……とっても男らしくて、素敵よ」

睾丸への愛撫とレースの手袋を用いての手淫に、射精衝動がぐんぐん引きあげられる。

「ああっ、出るよ。イクよ、すみれさん。大好きなすみれさんにいっぱい気持ちよくしてもらえて、射精するぅっ」

健太はとうとう、ブビュブビュッと盛大に精液を解き放った。

力強く打ちあげられた大量の白濁は、やがて重力に引かれて、すみれのまとめられた黒髪や美しい面差しにベチャベチャと降りそそぐ。

「ハァン。お顔が熱いわ。ドロドロがへばりついてくる……」

すみれはいやがるそぶりも見せず、うっとりと精液を受け止めている。

「ああ、清楚な浴衣が、僕のザーメンまみれに……。いけないことをしちゃってるのに、興奮が鎮まらないよ。もっともっと出るよ。見ててっ」

大きな音を夜空に響かせて打ちあがる花火に負けない勢いで、健太はビュルッビュルッと何度も精液を噴射する。

すみれは若竿に手淫を施して射精を手助けしながら、いやがるどころか心地よさそうに顔を差し出す。

大量の精液を浴びて、幸せそうに微笑んだ。

「ンハァァ……。健太くんの射精、とても激しくて男らしかったわ。私への愛が詰まったザーメンが、こんなにもたくさん……。濃厚な匂いでクラクラするわ。溺れてしまいそうよ……」

レースの手袋に覆われた指で頬に付着した白濁を拭っては、口元に運び、チュルチュルと吸い取ってゆく。

クチャックチャッとわざとはしたない音を響かせて味わう様子を見せつけてる淑女に、健太の劣情は射精を終えたばかりにもかかわらず、ますます滾る。

「くうぅっ。すみれさん、いやらしすぎだよっ。やっぱり僕は、すみれさんを黙って行かせることなんてできないよ……。絶対に僕のことを忘れないように、僕のものだって印をたくさんつけちゃうからね」

健太はすみれを草むらへ仰向けに押し倒す。

悩ましいうなじに鼻を擦りつけて大人の女の香りを存分に嗅ぐと、ムチュッムチュッと何度も唇でついばんだ。

「ハァンッ。そんなところを吸わないでちょうだい。敏感なのよ。アッアッ」

「すみれさんのうなじ、すごく色っぽい。浴衣姿を見たときから、胸がドキドキしてたまらなかったんだ……。デート中にすれ違った人たちが何人もすみれさんを振り返っていたけれど、こうしてキスをできるのは、恋人である僕だけなんだっ」

赤く色づいたうなじに、いくつものキスマークを刻む。

それだけでは飽き足らず、カプカプと甘嚙みし、歯形まで刻みつける。

夜空高く打ちあがる花火に照らされながら、すみれはアンアンと甘い声で泣き、華奢な肢体をくねらせる。

「アァ、嚙んではダメ……。嚙まれたところがジンジンと疼いて、おかしくなってしまいそう。身体が熱いの。もっとイジメてほしいと、願ってしまうのよ」

瞳を潤ませて見あげるすみれに、健太はコクリと力強く頷く。

浴衣の胸元をグイとはだけると、ナマの乳房がプルンとまろび出た。

「和服のときは下着をつけないって聞いたことがあるけど、本当だったんだね。清楚な浴衣の下で、おっぱいの先っぽがいやらしくピンととがっていたなんて……。また僕だけが知ってるすみれさんの秘密が増えちゃったね」

仰向けになっても形くずれしない美乳をグニッと揉みしだくと、すみれはピクピクと身をよじった。

「ハアァンッ。お乳を揉まれているわ。アンッアンッ。健太くんの手、なんて力強いの……。いやらしい形にひしゃげて、ンッンッ、手のあとがくっきりとついてしまっているわ。私のお乳も、健太くんだけのものよ……」

乳房への愛撫に身悶えるすみれだが、もっと愛してほしいとばかりに胸を突き出してくる。

健太は汗ばんだ豊乳の谷間に顔を埋め、ムンと香る大人の女の匂いを存分に堪能する。

じっくりと揉みしだいて、吸いつく極上の質感を手のひらいっぱいに味わう。はしたなくとがった乳首に吸いつき、レロレロと舌で舐め、転がす。

花火の音とすみれの喘ぎ声に聞き惚れながら、鋭敏な突起へ甘噛みをくり返し、乳輪ごとジュパジュパとしゃぶりたてて、唾液まみれにする。

「アッアッ。お外でお乳を食べられて、悦んでしまっている……。なんてはしたないの。ハヒィッ。お乳まで噛まれているわっ。歯形をたくさんつけられて、ンアァッ、ズキズキと疼くのっ」

「おっぱいにもたくさん、僕のものだって印をつけておくよ。噛めば噛むほど乳首がピンピンにとがってくる……。思いっきりイジメてあげるから、おっぱいでイッちゃえっ」

ギュウッと力強く乳房を握りしめて、乳輪をくびり出す。

ピクピクとせつなげに震える乳首をふたつまとめてガブッと噛みつくと、すみれは花火の重低音に負けぬ嬌声を夜の草原に響かせ、絶頂に身悶えた。

「アヒイィッ。イクッ……イクゥッ」

大きく見開いた黒い瞳に色とりどりの花火を映しながら、すみれは呆然と夜空を見あげている。

健太はすみれの肉体にいくつも刻んだ歯形を舌で愛おしげになぞり、絶頂の余韻に呆ける淑女の蕩けた顔をのぞきこむ。

「すみれさん……僕、やっぱりこのままお別れなんて、いやだよ。もっとすみれさんといっしょにいたい……。何度だってつながって、愛し合いたいんだ」

健太の懇願に、すみれは困ったように瞳を揺らす。

ふうとひとつ溜息をつくと、両腕を伸ばして健太をギュッと抱きよせ、頬にムリュリと口づけをした。

「なら、私を奪ってちょうだい。激しく抱いて、健太くんのものだという証を注ぎこんで……私をあなたなしではいられない女にして」

すみれは自ら浴衣の裾をスルスルとたくしあげてゆく。

股間も乳房と同じく、下着に隠されてはいなかった。

楕円形に口を開けた秘唇がヒクヒクとわななく様子が、はっきりと見える。

健太はいきり立つ若竿をタラタラと愛蜜を垂らす膣口にズブリと埋めこむ。

そのまま大きく腰を突き出し、愛しき淑女の蜜壺を奥深くまで貫いた。

「アハァンッ。健太くんが奥まで入ってくるぅっ。アァッ、イクわっ。うれしくてイッてしまうのっ。健太くんで満たされて……幸せで、イクウゥッ」

挿入しただけで絶頂を迎え、蜜壺がギュムムッと若竿を締めつけてくる。

健太もまた圧倒的な快感に呑みこまれていたが、歯を食いしばって懸命に耐える。

乱れた浴衣から赤く色づいた肌をさらした淑女を力の限りに抱きしめ、大きく腰を振りたてててズグッズグッと蜜壺を穿つ。

「くあぁっ。オマ×コのビクビクが伝わってくるよ。入れただけでイッてるんだね。チ×ポにいっぱい吸いついてくる……。こんなに寂しがりなオマ×コを、放っておくなんてできないよっ」

健太はしゃにむに腰を振り、愛される悦びをすみれに送りとどける。

「アンッアンッ。オマ×コ、はしたなくイッているのに……オチ×ポにズブズブ突かれて、ますますイッてしまうのっ。イキっぱなしになってしまうぅ」

「いいよ、何度でもイッてよ。すみれさんが喜んでくれるのが、僕はなによりもうれしいんだ。ほら、キスをしながら愛し合おうよ」

挿入を続けたままムチュッと唇を重ねると、すみれのほうからネロネロと舌をからめてくる。

舌と舌をねっとりと擦り合わせ、粘ついた唾液を互いに貪る。

屋外であるのも忘れて、接吻と性交に没頭してゆく。

「アァン、ダメよ、ダメ。ズンズンと貫かれるほど、あなたのことを忘れられなくなる。篠宮の名など捨てて、この場所で、あなたに愛されつづけたいと願ってしまうの……」

「それがすみれさんの望みなら、僕は全力で叶えるよ。だって僕は、すみれさんの恋人だからっ」

蠕動する膣壁を執拗に亀頭のカリでこそぎあげ、痺れる快感を送りこむ。

心地よさげに喘ぐ淑女の頬に接吻の雨を降らせ、耳たぶを食み、耳たぶを舌先でなぞって唾液を塗りたくる。

すみれは両手両足を健太にからめてギュッとしがみつき、甘く淫らな泣き声を響かせる。

「ハァン、どうしてそんなに優しいの。甘やかされすぎて、ダメになってしまうわ。年下の男の子にしがみついて、夢中になって腰を振る、いやらしい女……。私はもう、篠宮の娘としてふさわしくない、さもしい女になってしまったわ」

「なら、ずっとここにいてよ。篠宮家のお嬢様じゃなくても、僕はすみれさんが大好きだよ。ああっ、出るよ。すみれさんのナカに、いっぱいザーメンを注ぎこむよっ。すみれさんといっしょに……イクッ！」

花火の音にもかき消されぬ声で力強く叫ぶと、健太は思いきり腰を突き出し、すみれの蜜壷を奥の奥まで穿つ。

子宮口をこじ開けて亀頭をねじこむと、滾る情熱を乗せて盛大に精をほとばしらせる。ドビュッドビュッと煮えたぎる白濁を注ぎこまれ、すみれはおとがいを反らしてビクンビクンと絶頂に身悶えた。

「アヒイィッ。イクわ……イクゥッ。健太くんの愛に溺れて……子宮まで満たされて、イクウゥッ」

すみれは甲高い嬌声を響かせ、目尻に歓喜の滴をにじませて、ギュウッと健太にしがみつく。

健太もまたすみれの華奢な肢体を全力で抱きすくめ、愛に飢えた蜜壷に濃厚な精を溢れるほど注ぎつづけた……。

膣内射精を終えても、ふたりはお互いに離れようとしなかった。

頭上に響く花火の音をぼんやりと聞きながら、浴衣からはだけた火照った肌を重ねて、温もりを確かめ合う。

「ハァン……。結局また、あなたを求めてしまったわ。大人として、静かにあなたの前から去ろうと決めていたのに……」

すみれは自嘲ぎみに呟き、瞳を伏せる。

健太は性交によって汗ばみ、ムンと色香の増したすみれの首すじに顔を埋め、ガブリと噛みついて歯形を刻む。

「そんなの、ぜんぜん格好よくなんてない。ずるいだけだよ。僕はもう、すみれさんのことを忘れられるはずがないのに……」

別れのときが近づきつつあるのをわかっていながら、健太はすみれを放さない。

射精を終えてもなお漲っている若竿で、白濁の詰まった蜜壺をズプズプとかきまわし、媚肉へこってりと愛の証を塗りこめる。

「アァン……。そうね。私は自分のことばかり考えていたのかもしれないわ。つらさから逃れようとして、健太くんの気持ちをわかっていなかった。むしろ大人なら、あなたの想いをきちんと受け止めるべきだったのよ……」

すみれは健太にしがみつくと、コロンと横に転がり、体を入れかえる。

上から覆いかぶさると、悩ましく腰をくねらせ、絶頂の痺れが残ったままの若竿へヌチュヌチュと媚肉を擦りつけてきた。

「うあぁっ。ザーメンでネトネトのオマ×コが、チ×ポを撫でまわしてくれてる……。うう、溶けちゃいそうなくらい、気持ちいいよ」

「うふふ。オチ×ポがピクピクと、気持ちよさそうに震えているわ。私がもう、あなたなしではいられないように、健太くんも私を忘れられなくなってしまっていたのね……」

すみれは潤んだ瞳で健太の顔をのぞきこみ、ムチュリと唇を重ねてくる。

チュバッチュバッと想いをこめてじっくりと吸いたてられ、健太は身も心も蕩けてゆく。

「健太くん……もし許されるなら、これからも私の恋人でいてくれるかしら。今までのように毎日、身体を重ねることはできなくなってしまうけれど……必ずまた、あなたに会いに来るから……お願いよ」

若竿を咥えこんだ蜜壺が、フルフルと震えている。

はるかに年下の少年が、遠く離れても自分を想いつづけてくれるのか、不安で仕方がないのだろう。

健太にとっては、もっとも聞きたかった言葉だった。

住む世界の違う淑女に、負担になってはいけないと、自分からは言い出せなかった。

諦めかけていた夢が叶い、健太はパァッと顔を満面の笑みで輝かせる。

もちろん、答えは決まっていた。

すみれのくびれた腰に両腕をまわし、ギュッと力強く抱きよせる。

初恋の淑女を思えば何度でも反り立つことが可能な絶倫の若竿で、下からズブリと蜜壺を埋めつくし、子宮口に亀頭をグリグリと押しつけた。

「うん、もちろんだよっ。僕はいつでもこの村ですみれさんを……大好きな恋人のことを待ってるよ。だから、必ずまた会いに来てね」

青春まっさかりの少年にとって、ようやくできた恋人と何日も、場合によっては何カ月も会えない日が続くのは、想像以上につらく苦しいことだろう。

それでもすみれと永遠の別れを迎えるせつなさに比べれば、きっと耐えきれるはずだと信じられた。

想いのこもった健太の言葉に熱く魂を震わされ、すみれは美貌を歓喜でくしゃくしゃにして、首すじにキュッとしがみつく。

「アァッ、うれしいわ。たとえどれだけ離れていても、すみれはあなたの恋人よ。アンアンッ、もっと激しく突いてちょうだい。オチ×ポで、私の子宮にあなたの存在を深く刻みつけてぇ」

すみれが淫らな懇願とともに深く尻を落とす。

健太は全力で腰を振るい、子宮口を亀頭で下からズグズグと穿つ。

強烈な快感とともに、二度と忘れられぬよう己の存在をすみれに刻みこむ。

やがてキュキュキュッと蜜壺がせつなげに収縮する。

健太は万感の思いをこめ、ドビュドビュッと灼熱の白濁を子宮めがけて盛大に打ちあげた。

「ンヒアァッ。愛しているわ、健太くんっ。イクッ、イクウゥッ！」

淑女の泣き声をかき消して、ひときわ大きな八尺玉がドドーンッという轟音《ごうおん》とともに、夏の夜空へ大輪の花を咲かせる。

ほどなくして、パラパラパラッというどこかせつない音とともに花火は尾を引いて消えゆくが、少年と淑女はいつまでも唇を重ね、互いの存在を確かめ合うのだった。

◎本作品の内容はフィクションであり、登場する個人名や団体名は実在のものとは一切関係ありません。

◉新人作品**大募集**◉

マドンナメイト編集部では、意欲あふれる新人作品を常時募集しております。採用された作品は、本人通知のうえ当文庫より出版されることになります。

【応募要項】 未発表作品に限る。四〇〇字詰原稿用紙換算で三〇〇枚以上四〇〇枚以内。必ず梗概をお書き添えのうえ、名前・住所・電話番号を明記してお送り下さい。なお、採否にかかわらず原稿は返却いたしません。また、電話でのお問い合せはご遠慮下さい。

【送付先】 〒一〇一-八四〇五 東京都千代田区神田三崎町二-一八-一一 マドンナ社編集部 新人作品募集係

年上淑女《としうえしゅくじょ》 ひと夏《なつ》の甘《あま》い経験《けいけん》

二〇二三年十月十日 初版発行

著者◉鷹羽シン【たかはね・しん】

発行◉マドンナ社
発売◉二見書房
東京都千代田区神田三崎町二-一八-一一
電話 〇三-三五一五-二三一一(代表)
郵便振替 〇〇一七〇-四-二六三九

印刷◉株式会社堀内印刷所 製本◉株式会社村上製本所 落丁・乱丁本はお取替えいたします。定価は、カバーに表示してあります。

ISBN978-4-576-23108-2◉Printed in Japan◉©S.Takahane 2023

オトナの文庫
マドンナメイト

電子書籍も配信中!!
詳しくはマドンナメイトHP
https://madonna.futami.co.jp

秘湯の巨乳三姉妹 魅惑の極上ボディ
鮎川りょう／温泉地で男は次々と巨乳美女から誘惑され…

彼女の母親に欲情した僕は……
羽後 旭／彼女の母親の魔力に取憑かれた僕はついに……

アイドル姉と女優姉 いきなり秘蜜生活
綾野 馨／母と暮らすことになって姉の存在を知り…

淫獣学園 悪魔教師と美処女
羽村優希／学園に赴任した体育教師が美少女たちを毒牙にかける……

処女の身体に入れ替わった俺は人生バラ色で
霧野なぐも／目が覚めると美少女になっていて……

生贄アイドル 淫虐の美少女調教計画
新井芳野／邪淫な男はアイドルたちへ淫虐な復讐を企み…

女体化変態絶頂 闇のイキ果てアイドル
小金井 響／芸能プロの悪徳社長の罠にハマった少年は…

推しの人気声優 深夜のマル秘営業
羽後 旭／憧れの声優がアニメキャラの声で喘ぎ…

生意気メスガキに下剋上！
葉原 鉄／社長の娘のイジメは性的なものになり…

訪問調教 奥さんと娘姉妹を犯します
星凛大翔／夫が連れてきた元教え子だという男の正体は!?

喪服の三姉妹 孕ませ絶頂儀式
星凛大翔／長女の亡き夫の一族の驚くべき性的慣習…

美少女粘膜開発
高村マルス／男たちの視線を浴びるようになった少女は…

Madonna Mate